Die Frau im Nebel

KOSMOS

Illustrationen: Hanna Wenzel
Rätsel: Inka und Markus Brand
Skript: Jens Baumeister
Lettering: Minou Zaribaf
Umschlaggestaltung: Weiß-Freiburg GmbH – Graphik & Buchgestaltung
unter Verwendung einer Illustration von Hanna Wenzel
Illustrationen auf S. 126: Burkhard Schulz

FSC
www.fsc.org
MIX
Papier aus verantwortungsvollen Quellen
FSC® C084279

Gedruckt auf chlorfrei gebleichtem Papier

Pfizerstraße 5-7, 70184 Stuttgart

ISBN 978-3-440-17165-3
Redaktion: Juliane Voorgang
Lektorat: Anja Herre
Testleser: Kalle Reiv und Christine Flé
Produktion: Verena Schmynec
Innenlayout, Satz und Grafik: Weiß-Freiburg GmbH – Grafik & Buchgestaltung
Druck und Bindung: Print Consult GmbH, München
Printed in Slovakia / Imprimé en Slovaquie

Herzlich willkommen!

Du liest gern spannende Geschichten und du liebst Rätsel? Dann ist EXIT – DAS BUCH genau das Richtige für dich. Denn es steckt voller Geheimnisse und spannender Rätsel! Eli, Tina und Yannik stehen immer wieder vor schwierigen Aufgaben und nur mit deiner Hilfe kommen sie weiter!

Bevor es losgeht, musst du noch ein paar Dinge erledigen:

Schneide zuerst die drei farbigen Decodierstreifen (rot, blau, gelb) auf den Seiten 127 und 128 aus und führe sie dann durch die farblich passenden Schlitze in der vorderen Klappe des Buches (lies dazu auch Seite 126).
In der Graphic Novel wirst du am Ende einer Seite manchmal gebeten, an einer anderen Stelle im Buch weiterzulesen. Befolge diese Anweisungen. Doch bald musst du ein Rätsel lösen und dadurch einen dreistelligen Code herausfinden. So erfährst du, auf welcher Seite im Buch es weitergeht!
Alles, was du zur Lösung der Rätsel brauchst, findest du im Buch! In der Rätselanweisung wirst du manchmal darum gebeten, nach etwas Bestimmtem zu suchen. Bei deiner Suche darfst du dir alle Seiten im Buch ansehen. Für manche Rätsel benötigst du zusätzlich eine Schere, einen Stift, etwas zum Schreiben oder einen Internetzugang. Alles ist möglich. Scheue dich nicht, Dinge im Buch auszuschneiden, zu beschriften, zu knicken und zu falten. Aber schneide nur etwas aus, wenn es von einer gestrichelten Linie umrahmt ist und du dazu aufgefordert wirst!
Auf den Seiten 004-006 findest du zu jedem Rätsel Hilfen und Lösungen. Auf Seite 004 ist auch erklärt, wie du die Hilfen richtig verwendest. Aber nutze die Hilfen nur, wenn du sie wirklich brauchst. Denn am Ende der Geschichte wird auf der Auswertungsseite auf S. 125 überprüft, wie viele Sterne du abgehakt hast. Je weniger Hilfen du brauchst, desto besser wird dein Ergebnis.

Und hier die Kurzfassung:

1. Schneide die Decodierstreifen auf den Seiten 127 und 128 aus und führe sie durch die passenden Schlitze vorn in der Buchklappe. Lies die Anleitung zum Decodieren auf Seite 126.
2. Fang auf Seite 007 an, die Graphic Novel zu lesen. Lies immer so lange, bis du gebeten wirst, auf einer anderen Seite weiterzulesen oder bis ein Rätsel kommt.
3. Löse das Rätsel. (Du darfst malen, schneiden und falten.) Wenn du das Rätsel gelöst hast, kommt ein dreistelliger Code heraus, den du auf deinen Streifen einstellen kannst. Auf der Rückseite der Streifen siehst du dann, auf welcher Seite es weitergeht.
4. Benutze die Hilfen im Buch auf den Seiten 004-006, wenn du nicht weiterkommst.
5. Rätsele dich nach und nach durch das komplette Buch. Beginne jetzt auf Seite 007. Viel Spaß!

Bei Fragen oder Problemen wende dich bitte an folgende E-Mail-Adresse: **exit@kosmos.de**

Lösungstipps

Zu jedem Rätsel gehören drei Sterne (= Lösungstipps). Oben steht die jeweilige Seitenzahl des Buches. Benötigst du Hilfe, schaust du im Buch, auf welcher Seite deine Rätselanweisung steht. Dann suchst du dir den am weitesten links stehenden Stern unter dieser Seitenzahl heraus und legst die Rotfolie darauf. Du findest die Rotfolie eingeklebt auf der hinteren Buchklappe. So wird ein Text sichtbar, der dir weiterhilft. Reicht der erste Tipp nicht aus, schaue dir den nächsten Stern rechts davon an. Der dritte Stern gibt dir die Auflösung.
Hake die Sterne in den danebenstehenden Kästchen ab. So weißt du, wie viele Tipps du benutzt hast. Es zählen nur die Sterne, die dir neue Hinweise oder Lösungen verraten haben!

RÄTSEL S.018

Tipp 1:
Der Türklopfer ist ein Löwenkopf. Vielleicht hat die Lösung irgendetwas mit den Löwen im Vorgarten zu tun? Schau sie dir noch einmal ganz genau an, offensichtlich sind sie nicht mehr vollständig …

☐

Tipp 2:
Die Schwänze der drei Löwen sind abgebrochen. Die Bruchstellen haben unterschiedliche Formen. Findest du die Fragmente, die dazu passen könnten? Und auch die Reihenfolge der Ziffern scheint eine Rolle zu spielen. Hast du dir die Sockel der Statuen genau angesehen?

☐

Auflösung:
Wenn du die Bruchstellen in Gedanken zusammenpuzzelst, bilden die Fragmente der Schwänze Ziffern. Von links nach rechts gesehen sind es die Ziffern 9 5 4. Die Sockel sind mit römischen Zahlen versehen. Ordnet man die Ziffern in der Reihenfolge der römischen Zahlen an – also I, II und III – lautet der Code **4 9 5** und führt dich auf Seite 105.

☐

RÄTSEL S.040

Tipp 1:
Hast du dir auf Seite 039 die Etiketten der Malutensilien angesehen und sind dir dort die drei roten Striche aufgefallen? Sie markieren einen bestimmten Bereich. Kann man das vielleicht mit den Gemälden auf den Seiten 034, 035, 039 und 040 zusammenbringen? Schau dir die Motive und die Rahmen genau an.

☐

Tipp 2:
Die Tube auf Seite 039 verrät dir, dass auf Gemälden, auf denen ein Feuer zu sehen ist, der obere Bereich wichtig ist. Die Flasche besagt, dass bei Gemälden, auf denen Menschen abgebildet sind, der linke Bereich entscheidend ist. Die Schublade zeigt, dass es bei Gemälden mit Pfeilen um den rechten Bereich geht. Die Rahmen tragen Buchstaben, das kann kein Zufall sein. Manche Bilder zeigen nicht nur ein Motiv und sind mehrfach relevant.

☐

Auflösung:
Betrachtet man den oberen Bereich der Rahmen, deren Bilder ein Feuer zeigen, findet man dort die Buchstaben C, A, T und H. Neu sortiert ergeben sie das Wort ACHT. Bei den Gemälden mit Menschen findet man im linken Bereich die Buchstaben U, N, L und L = NULL. Die Rahmen der Bilder mit Pfeilen zeigen im rechten Bereich die Buchstaben E, H, S, C und S = SECHS. In der richtigen Reihenfolge lautet der Code **0 8 6** und führt dich auf Seite 019.

☐

RÄTSEL S.054

Tipp 1:
Du musst etwas falten, am besten gleich ganze Seiten, das verrät der Notizzettel. Ausschneiden musst du hier aber nichts! Der kleine Notizzettel auf Seite 054 zeigt dir, wie du falten sollst. Hast du die kleinen Zahnräder auf dem Zettel nicht schon mal gesehen? Nein? Dann blättere mal ein paar Seiten zurück und schau genau hin!

Tipp 2:
Die Zahnräder vom Notizzettel sind auch auf den Seiten 048, 049, 052 und 053 zu sehen. Die vier Zahnräder müssen jedoch alle gleichzeitig sichtbar sein. Am besten gelingt dir dies von Seite 050/051 aus. Falte Seite 050 mittig von außen nach innen. Oben und unten sind kleine Faltmarkierungen. Was könntest du jetzt mit Seite 051 machen? Wenn du die vier Zahnräder siehst, sei dir über die RAHMENbedingungen im Klaren. Fällt dir etwas auf?

Auflösung:
Wenn du im Buch auf die Seiten 050/051 blätterst und dann nacheinander die Seiten 050 und 051 mittig von außen nach innen faltest, kannst du alle vier Zahnräder gleichzeitig sehen. Betrachtest du nun die weißen Zwischenräume zwischen den Bildern, die Rahmen also, kannst du die Ziffern **4 7 2** lesen. Dieser Code führt dich auf Seite 025.

RÄTSEL S.059

Tipp 1:
Hast du die sechs mit einer gestrichelten Linie umrandeten Bilder auf Seite 124 ausgeschnitten? Versuch sie doch mal auf Seite 059 zu platzieren. Gleiches findet sich anziehend, und was sich anzieht, klebt hier passgenau aufeinander, denk daran!

Tipp 2:
Um die ausgeschnittenen Bilder von Seite 124 richtig auf Seite 059 zu legen, solltest du Magneten gleicher Größe deckungsgleich übereinanderlegen. (Es kann helfen, die Teile vorher an den Magneten entlang zu knicken und dann nach dem Platzieren wieder aufzufalten.) Wenn du das machst, siehst du Teile des Motivs auf der Rückseite der ausgeschnittenen Bilder. Die Magneten sind nun nicht mehr sichtbar. Hast du dir die Raben genauer angesehen?

Auflösung:
Puzzelt man die Magneten deckungsgleich aufeinander, bilden die Raben auf der Rückseite der ausgeschnittenen Bilder Ziffern. Von oben nach unten siehst du die Ziffern 5, 0 und 2. Sortiert man diese von groß nach klein, ergibt sich der Code **5 2 0** und führt zu Seite 074.

RÄTSEL S.064

Tipp 1:
Es geht um ein merkwürdiges Flüstern, das wohl hinter den Stimmenaufnahmen auf den Seiten 060/062 zu hören sein muss. Das Flüstern ist tatsächlich sehr leise und scheint von ganz hinten aus dem Raum (oder aus dem Buch) zu kommen. Schau dir die Sprechblasenformen der „Stimme" genau an. Hast du die nicht schon mal irgendwo gesehen?

Tipp 2:
Die Sprechblasenformen der Stimme aus dem Lautsprecher auf den Seiten 060/062 entsprechen denen auf der hinteren Buchklappe. Vergleiche die Formen miteinander. In der richtigen Reihenfolge gelesen, ergibt sich ein Satz. Auch Seite 002 könnte sehr hilfreich sein.

Auflösung:
Berücksichtigt man alle Sprechblasen des Lautsprechers auf den Seiten 060 bis 062 und vergleicht man sie mit den Formen auf der hinteren Buchklappe, kann man in der richtigen Reihenfolge folgenden Satz lesen: „Du musst die Namen der Testleser rückwärts lesen." Auf Seite 002 findest du die Testleser Kalle Reiv und Christine Flé. Liest du die Nachnamen rückwärts, ergibt das 11 und 4. Der Code lautet 1 1 4 und führt dich auf Seite 088.

RÄTSEL S.085

Tipp 1:
Im Gedicht auf Seite 084 sind verschiedene Teile fett gedruckt. Der Teil „scher" deutet darauf hin, dass du eine Schere nutzen sollst. Sind dir die gestrichelten Linien auf Seite 084 aufgefallen? Diese Bilder musst du ausschneiden. Jetzt sollst du etwas zusammensetzen. Schau dir den Hintergrund der Bilder an. Ein Regalfach zeigt zusammengestürzte Bretter, fang doch damit an. Kannst du die Bilder so übereinanderlegen, dass der Hintergrund immer passt?

Tipp 2:
Wenn du die ausgeschnittenen Bilder so aneinander- und übereinanderlegst, dass der Hintergrund zusammenpasst, kannst du dunkle Stellen im Regal erkennen. Sie zeigen keine Ziffern. Im Gedicht gibt es einen Hinweis darauf, was dort zu sehen ist. Vielleicht benutzt du für dieses Rätsel gleich mal die Rückseite der Decodierstreifen.

Auflösung:
Schneidet man die fünf Bilder von Seite 084 aus und legt sie so an- und übereinander, dass der Hintergrund passt, entsteht ein neu zusammengesetztes Bücherregal. Im Regal befinden sich dunkle Bereiche, die die Formen Plus, L und Quadrat bilden. Stellst du diese Formen auf der Rückseite der Decodierstreifen ein, führen dich diese auf Seite 029.

RÄTSEL S. 104

Tipp 1:
Du musst wirklich ins Internet und die vollständige Adresse im Browserfenster eingeben, um dir das Video anzusehen. Kannst du das Kennwort herausfinden? Hast du den Notizzettel auf Seite 104 beachtet? Worauf zeigen die kleinen roten Striche unter den Ziffern nur? Öffne doch mal in einem Smartphone den Ziffernblock, als wolltest du jemanden anrufen, oder suche ein Bild davon im Internet.

Tipp 2:
Öffnet man in einem Smartphone den Ziffernblock, sieht man meistens kleine Buchstaben unter den Ziffern zum Wählen einer Telefonnummer. Die kleinen roten Striche auf dem Notizzettel deuten auf diese Buchstaben. Kannst du jetzt das Kennwort bilden? Hast du es herausgefunden, setze es einfach hinter den letzten Schrägstrich der angegebenen Internetadresse. Schau dir dort das Video genau an.

Auflösung:
Die roten Striche auf dem Notizzettel auf Seite 104 deuten bei den einzelnen Ziffern auf die Buchstaben V E R S T E C K. Die vollständige Internetadresse lautet also: http://www.kosmos.de/exit/versteck. Gibst du die Adresse im Browser ein, kannst du dir Yanniks Video ansehen. Du findest im Video die Ziffern 1, 3 und 6. Der Code lautet **1 3 6** und führt dich auf Seite 068.

RÄTSEL S. 113

Tipp 1:
Das Bild oben auf Seite 113 zeigt die Kabel, bevor Tina daran gezogen hat, das untere danach. Insgesamt bleiben die Kabel gleich lang. Nutze die Decodierstreifen zum Messen. Welche Kabelenden gehören zusammen? Addiere die Länge des mittleren Kabels auf der linken Seite in der oberen Abbildung jeweils mit den drei Enden rechts in der gleichen Abbildung. Das Gleiche machst du mit dem unteren Bild. Ergibt sich da eine Gemeinsamkeit?

Tipp 2:
Die Längen im oberen Bild sind von links nach rechts 2, 5, 1 und 4, 4, 3. Unten 5, 3, 7 und 1, 3, 5. Addierst du oben von der linken Seite das mittlere Kabel (Länge 5) mit jeweils allen Enden der rechten Seite, erhältst du die Längen 9, 9, 8. Machst du das Gleiche mit dem mittleren Kabel unten, erhältst du die Längen 4, 6, 8. Die Länge 8 gibt es also oben und unten, damit passen links das mittlere und auf der rechten Seite das rechte Kabel zusammen.

Auflösung:
In beiden Abbildungen haben das erste Kabel auf der linken Seite und das erste Kabel auf der rechten Seite zusammen eine Länge von 6. Das zweite Kabel links und das dritte Kabel auf der rechten Seite haben eine gemeinsame Länge von 8. Das dritte Kabel auf der linken Seite und das mittlere Kabel auf der rechten Seite haben eine Länge von 5. Beachtest du die Anweisung zur Reihenfolge ergibt sich der Code **8 5 6**. Er führt dich auf Seite 041.

RÄTSEL S. 120

Tipp 1:
Hast du die drei Puppen und den Zettel mit den Pfeilen aus der hinteren Buchklappe ausgeschnitten? Die Puppen musst du auf Seite 126 auf den Kreisen ablegen. Doch welche Puppe steht zu Beginn wo? Schau dir das untere Bild auf Seite 117 noch einmal an. Die Pfeile auf dem Zettel verraten dir, wie sich die Puppen bewegen. Sie scheinen ihre Plätze zu tauschen. Am Ende ist Catherine die Puppe, die im richtigen Licht unter dem Kronleuchter steht.

Tipp 2:
Seite 117 zeigt dir, dass die Puppe mit dem roten Kleid links, die mit dem grünen in der Mitte und die mit dem weißen Kleid rechts startet. Der Notizzettel zeigt dir, in welcher Reihenfolge die Puppen ihre Plätze tauschen. Sind dir die kleinen Pfeile auf den Kleidern der Puppen aufgefallen? Worauf deuten sie? Betrachte sie entgegen dem Uhrzeigersinn. Entscheidend ist übrigens nur die Puppe unter dem Kronleuchter!

Auflösung:
Nach der Startaufstellung wechseln die Puppen die Positionen. Der Zettel verrät: Zuerst tauschen die beiden äußeren Puppen die Plätze, dann die linke und die mittlere usw. Zum Schluss steht die grüne Puppe links. Der Lichtkegel auf Seite 117 verrät, dass das Catherine sein muss. Betrachtest du die Pfeile auf dem Kleid gegen den Uhrzeigersinn, deuten sie auf die Rosen der Bodenfliesen. Der Code lautet **4 3 2** und führt dich auf Seite 065.

RÄTSEL S. 122

Tipp 1:
Das Rätsel hat irgendetwas mit den Bodenfliesen auf Seite 122 zu tun. Eine Fliese ist etwas dunkler, sie sieht aus, als könnte sie ein Startpunkt sein. Hast du den Kompass entdeckt? Für was könnten die Buchstaben auf dem Schild unter dem Gemälde dann wohl stehen?

Tipp 2:
Die Buchstaben unter dem Gemälde stehen für die Himmelsrichtungen N = Norden, O = Osten, S = Süden und W = Westen. Zeichne die Bewegungen von Eli und Yannik, beginnend bei dem dunklen Startfeld, doch einmal auf den Bodenfliesen ein. Offensichtlich fehlen ein paar Buchstaben am Ende. Hast du mal auf Seite 1 nachgesehen? Findest du dort etwas, das du ausschneiden und auf den Kopf stellen könntest?

Auflösung:
Die Buchstaben unter dem Gemälde stehen für die Himmelsrichtungen Norden, Süden, Westen und Osten. Wenn du das Kosmos-Logo auf Seite 1 ausgeschnitten hast, passt es genau in das leere Feld unter dem Gemälde. Drehst du es auf den Kopf, kannst du weitere Himmelsrichtungen ablesen. Zeichnest du den Weg, beim dunklen Startfeld beginnend, von Bodenfliese zu Bodenfliese ein, kannst du den Code **3 5 6** lesen, er führt dich auf Seite 086.

TOCK
TOCK
KLACK
KLACK
KLACK KLACK
RRRRRR RRRRRRRRRRT
TACK
DANG
DANG
DANG
DANG

DONG
DONG
DONG

Die
FRAU
im
NEBEL

IST JA GUT. DREI UHR, WIR HABEN'S KAPIERT!
TOLL, ODER?
DASS ES DREI UHR IST?
NEIN! DASS DIE UHR NOCH FUNKTIONIERT! DIE IST DOCH SEIT MINDESTENS 100 JAHREN NICHT MEHR AUFGEZOGEN WORDEN!
ALSO, ICH FIND'S GRUSELIG.
DU GRUSELST DICH VOR EINER ALTEN UHR?
ICH GRUSEL MICH VOR VERFALLENEN SPUKHÄUSERN. WEIL DIE EINFACH GRUSELIG **SIND**.
JETZT STELL DICH NICHT SO AN. SO EINE RUINE KANN DIR NICHTS …
KRACK
KRSSSSS
AHH! HILFE! WHOA!

WIE WAR DAS? EINE RUINE KANN UNS NICHTS TUN?
ELI, ERKLÄR MIR BITTE NOCH MAL, WIESO WIR DEINEN BRU-DER MITGESCHLEPPT HABEN!
KRSSSSS
WEIL ER SONST BEI MEINEN ELTERN GE-PETZT HÄTTE, DASS WIR INS ALTE TENNISON-HAUS EIN-STEIGEN WOLLEN.
WIR HÄTTEN IHN AUCH EINFACH GEFES-SELT UND GEKNEBELT IM ZELT LASSEN KÖNNEN.
SCHON GUT, WAR NUR SPASS. HAST DU WAS GE-FUNDEN, ELI?
JA, HIER. KOMM, YANNIK, FILM DAS MAL.
EIN KLASSIKER. UNSER GEWICHT HAT EINE MECHANIK AUSGELÖST UND DADURCH IST DIE STANGE HOCHGESCHNELLT.

UND WOZU SOLL SO WAS GUT SEIN?
URSPRÜNGLICH GEHÖRTE BESTIMMT NOCH MEHR DAZU. VIELLEICHT WAR AN DER STANGE NOCH WAS DRAN.
EIN SCHILD ZUM BEISPIEL?
ODER SPITZE METALLSTACHELN, DIE IHR OPFER GNADENLOS TÖTEN.
JETZT MACH IHM NICHT SOLCHE ANGST, TINA.
ABER ES STIMMT DOCH: IRGENDWER IST ANGEBLICH GESTORBEN BEIM VERSUCH, HIER REINZUKOMMEN.
TAPP TAPP
Kamera
NICHT IRGENDWER: EIN BÜRGERMEISTER!
WOHER WEISST DU DAS DENN?
INTERNET. WENN WIR DIESES SPUKHAUS SCHON ERKUNDEN MÜSSEN, DANN WILL ICH AUCH WISSEN, WAS DAMIT IST.
NA GUT, DANN KANNST DU DAS AUCH GLEICH FÜRS VIDEO ERZÄHLEN.
OKAY! DAS WAR NÄMLICH SO:

DAS HAUS STEHT SEIT ÜBER HUNDERT JAHREN LEER. DER LETZTE BESITZER HIESS MORTIMER TENNISON.
TENNISON WAR IRRE REICH – SEIN VATER HATTE IHM MINEN ODER FABRIKEN ODER SO WAS VERERBT.
UND WEIL ER SO VIEL GELD HATTE, WOHNTE ER IN DIESER SCHICKEN VILLA.
Einladung
C + M. Tennison
DAS HAUS WURDE ZUM TREFFPUNKT DER FEINEN GESELLSCHAFT. HIER LERNTE ER AUCH SEINE FRAU CATHE-RINE KENNEN.
DIE HOCHZEIT DER BEIDEN MUSS DER KNALLER GEWE-SEN SEIN.
MIT ORCHESTER UND EXOTISCHEN TIEREN UND SO.
HAT IHNEN ABER KEIN GLÜCK GEBRACHT.

WENIG SPÄTER STARB CATHERINE, UND TENNISON IGELTE SICH EIN.
ER VERKAUFTE SEINE FIRMENANTEILE, VERRAMMELTE TÜREN UND FENSTER UND VERLIESS DAS HAUS NICHT MEHR.
H. Williams
ZUNÄCHST VERSUCHTEN VIELE, ZU IHM VORZUDRINGEN. DOCH DANN STARB DER BÜRGER-MEISTER, ALS ER TENNISON BE-SUCHEN WOLLTE. DAS HAT DEN ANDEREN LEUTEN WOHL DIE LUST GENOMMEN.
GENAU. SEITDEM HAT NIE-MAND MEHR TENNISON GESEHEN UND NIEMAND HAT JE DAS HAUS BETRETEN.
Wo ist M. Tennison?
DIE TÜR IST MIT EINEM RÄTSELHAFTEN SCHLOSS VERRIEGELT, DAS NOCH NIEMAND AUF-GEKRIEGT HAT.
ABER WIR SCHAFFEN DAS HEUTE! GARANTIERT!

HEY, DAS KANNST DU DOCH NICHT EINFACH GARANTIEREN!
WIESO DENN NICHT? SELBSTVERTRAUEN KOMMT IMMER GUT. UND WENN NICHT, SCHNEIDEN WIR DEN SATZ EBEN RAUS. WIR STREAMEN JA EH NICHT LIVE.
GEHT AUCH GAR NICHT. HIER IST NULL EMPFANG.
JA – WEIL CATHERINES BÖÖÖÖÖSER GEIST ALLE FUNKSIGNALE BLOCKIERT.
LASS DOCH DEN QUATSCH!
HIER IST EIN FUNKLOCH, DAS IST ALLES. SO WAS KOMMT VOR.

BOMBENFEST – HIER IST GARANTIERT NOCH NIE JEMAND REINGEKOMMEN.
SAG MAL – WEGEN DEM GEIST ... ES HABEN SCHON VIELE LEUTE ERZÄHLT, SIE HÄTTEN AM SEE DEN GEIST VON CATHERINE GESEHEN ...
ACH, LEUTE ERZÄHLEN ALLEN MÖGLICHEN MIST.
GUCK MAL, DA!
Tennis
ANGEBLICH WAREN HIER FRÜHER IRGENDWELCHE RÄTSEL, DIE MAN LÖSEN MUSSTE, UM ZUR TÜR ZU GELANGEN. ABER DIE SIND ALLE LÄNGST VERROSTET.
TACK
VERROSTET – ODER UNTER MÜLL BEGRABEN. MEINST DU ECHT, DASS ES NOCH NIEMAND INS HAUS GESCHAFFT HAT?
BONK
DU HAST DOCH SELBER GESAGT, DASS ALLE FENSTER DICHT WAREN. UND WIR WISSEN, DASS NOCH NIEMAND DIE RÄTSEL GELÖST HAT.
KATONK
JA – ABER WIE KANN DAS SEIN?

GENAU DAS WERDEN WIR JETZT RAUSFINDEN.
WENN DAS DING SCHON HIER HÄNGT ...
TINA, NICHT!
TONK
RELAX! DAS HABEN MIT SICHERHEIT SCHON TAUSEND LEUTE VOR UNS GEMACHT.
ES GEHT UMS PRINZIP. WIR WOLLEN DAS HIER LÖSEN UND NICHT BLIND RUMPROBIEREN!
NA, DANN LÖS MAL SCHÖN.

WIR MÜSSEN DIE RICHTIGE ZAHLENKOMBINATION FINDEN.
ANGEBLICH SCHNAPPT DAS SCHLOSS BEI EINER FALSCHEN KOMBINATION EIN UND LÄSST SICH WOCHENLANG NICHT BEWEGEN.
UND WO KRIEGEN WIR DIE KOMBINATION HER?
KEINE AHNUNG – ABER ES MUSS HINWEISE GEBEN, DIE UNS HELFEN KÖNNEN …
Kannst du Tina, Yannik und Eli helfen die Tür zu öffnen? Dafür musst du dir diese Seite noch einmal ganz genau ansehen. Die Tür gibt dir einen ersten Tipp, was wichtig ist. Gib anschließend die richtige Lösung auf deinen Decodierstreifen ein.

WENN MAN'S KAPIERT HAT, IST ES GAR NICHT SO SCHWER.
pour L'ARTISTE
DAS HABEN RÄTSEL SO AN SICH.
SEHR WITZIG. SOLLEN WIR DEN CODE AUSPROBIEREN?
TICK TICK TICK

MAUSETOT.
KEIN WUNDER – NACH HUNDERT JAHREN OHNE WASSER.
KÖNNEN WIR WEITER?
NOCH NICHT. WIR MÜSSEN ERST GUCKEN, OB ES HIER EIN RÄTSEL ODER EINE FALLE GIBT.
KLICK

DER GEIST!
ZUM LETZTEN MAL, YANNIK, GEISTER GIBT ES NICHT!
DAS IST AUCH NUR EINE VON TENNISONS KONSTRUKTIONEN.
UND WAS SOLL DAS DANN?
ES WAR WOHL DAS, WAS MIT CATHERINE PASSIERT IST. HAROLDS GIFT HAT SIE NICHT DIREKT GETÖTET, ABER ES HAT SIE IN DEN TOD GETRIEBEN.
OKAY, ICH GLAUB, WIR KÖNNEN WEITER. DA DRÜBEN IST EINE TÜR. HIER GIBT'S WOHL NICHTS MEHR ZU …
KRRCK
AAAAAAH
KATSCHIRR

TINA ?!
ALLES IN ORDNUNG?
ICH DACHTE, DAS GLAS WÄRE STABILER …
PLOFF
DU BIST DEN GANZEN WEG HIER-HER GEKLETTERT?! KRASS!
NICHT KRASS – BESCHEUERT.
JA … ICH WEISS …
TAUSENDMAL HABEN WIR GESAGT: „KEINE ALLEINGÄNGE! IMMER ZUSAMMENBLEIBEN!" UND WAS MACHST DU?!
WAR DOOF VON MIR …
WEISST DU, WAS ICH FÜR EINEN VERDAMM-TEN SCHISS GEHABT HABE?! MACH SO WAS NIE WIE-DER, OKAY?!
OKAY.

WIR SIND FAST GANZ OBEN ANGEKOMMEN. WEIT KANN ES NICHT MEHR SEIN.
UND MORTIMERS GESCHICHTE IST JETZT JA AUCH FAST VORBEI.
DAS IST KEINE „GESCHICHTE“. DAS IST WIRKLICH PASSIERT.
JA UND? WENN WIR IN DER SCHULE SACHEN LERNEN, DIE FRÜHER PASSIERT SIND, DANN HEISST DAS AUCH „GESCHICHTE“.
BAH, RIECHT DAS HIER MUFFIG!
... DAS IST DANN WOHL CATHERINES ZIMMER.
ICH GLAUBE ...
FFMP

Lies weiter auf Seite 121.

SIE GEHT NUR IN EINE RICHTUNG. DANN DREHE ICH JETZT VIERMAL NACH LINKS.
RRRK RRRK RRRK
Wenn du die Lösung weißt.
RRRK RRRK RRRK
SIEBENMAL NACH RECHTS …
UND WIEDER ZWEIMAL NACH LINKS.
KROAK
TAKA TAKA TAKA
KATACK
LOS. AUF IN DIE FREIHEIT!
PRRRRR
DAS IST ABER NOCH NICHT DAS TURMZIMMER?

KOMMT BESTIMMT DAHINTEN.
KARACK
KYAAAA
RATA RATA RATA RATA RATA
KRACK
VROOOMP
PFFFF
PLONK

M. T. – DAS IST … MORTIMER TENNISON.
MORTIMER … ABER WIE KANN DAS SEIN?!
UND WIESO DIESE FALLE? HABEN WIR DAS RÄTSEL FALSCH GELÖST?
NEIN. DIESE FALLE GEHÖRT ZU KEINEM RÄTSEL. TENNISON HATTE NIE VOR, HAROLD ENTKOMMEN ZU LASSEN. ER WOLLTE IHN TÖTEN.

Lies weiter auf Seite 094.

DAS IST ES! WETTEN?!
DU MEINST, DIE SYMBOLE SOLLTEN HAROLD AUF DIESES BUCH BRINGEN?
JA! GUCK'S DIR DOCH AN! ES SIND EXAKT DIESELBEN ZEICHEN!
UND DIE SIND AUF KEINEM ANDEREN BUCH ZU SEHEN.
BIST DU DIR SICHER? HAST DU DIR DIE ALLE ANGESEHEN?
TENNISON HAT BISHER IMMER FAIR GESPIELT. ER HÄTTE DAS BUCH NICHT IRGENDWO VERSTECKT, WO HAROLD ES NICHT FINDEN KONNTE.
UND WAS MACHEN WIR JETZT DAMIT?
RAUSNEHMEN NATÜRLICH! WAS SONST?

RRRRRT
BINGO!
HAST DU EINEN ANDEREN AUSGANG GESEHEN?
MÜSSEN WIR HIER WIRK-LICH REIN?
PAMM
NEE, NUR EIN LOSES BRETT ODER SO WAS.
DAS WAR DOCH NICHT … TINA, ODER?
ELI?!
ICH BIN HIER. GIB MIR DEINE HAND UND KOMM WEITER!
FFFMP
FFMP
FFMP
FFMP
HAHAHAHA
WAAAAH
WAS ZUM …?!
HAHAHAHA

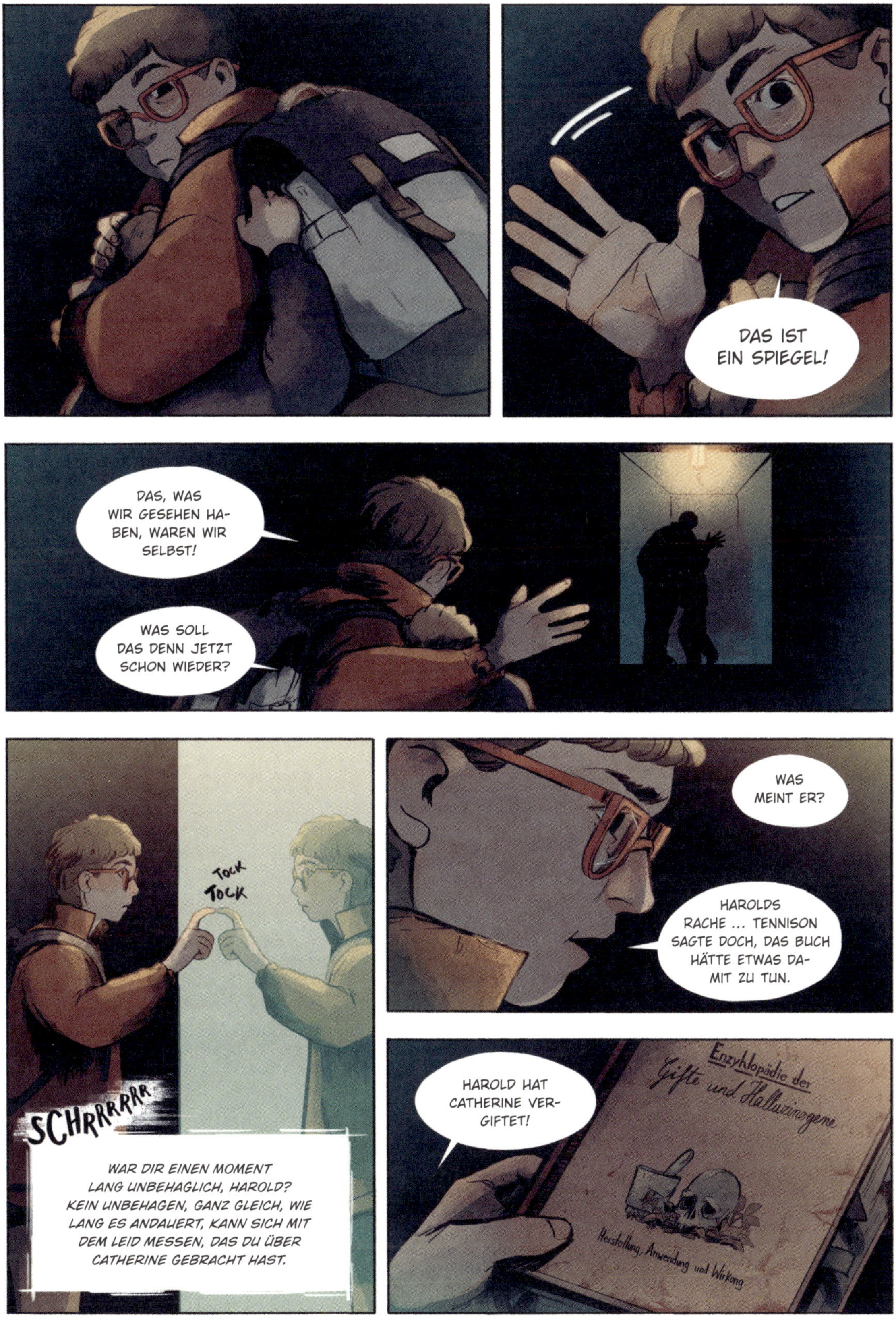
DAS IST EIN SPIEGEL!
DAS, WAS WIR GESEHEN HABEN, WAREN WIR SELBST!
WAS SOLL DAS DENN JETZT SCHON WIEDER?
TOCK
TOCK
SCHRRRRRR
WAR DIR EINEN MOMENT LANG UNBEHAGLICH, HAROLD? KEIN UNBEHAGEN, GANZ GLEICH, WIE LANG ES ANDAUERT, KANN SICH MIT DEM LEID MESSEN, DAS DU ÜBER CATHERINE GEBRACHT HAST.
WAS MEINT ER?
HAROLDS RACHE ... TENNISON SAGTE DOCH, DAS BUCH HÄTTE ETWAS DAMIT ZU TUN.
HAROLD HAT CATHERINE VERGIFTET!
Enzyklopädie der Gifte und Halluzinogene
Herstellung, Anwendung und Wirkung

PUH
HÜBSCH HIER ...
ICH WEISS NICHT – GUCK MAL, DIE BILDER!
OH.

ANAMORPHE PERSPEKTIVE … NETTER TRICK.

ES HAT LANG GEDAUERT, BIS ICH DEINEN TEUFLISCHEN PLAN BEGRIFF, HAROLD. DU WOLLTEST CATHERINE NICHT EINFACH TÖTEN – DU WOLLTEST SIE ZERSTÖREN.
N
U
L
I
C
A
A
N
B
D
DAS GIFT, DAS DU IHR GABST, RAUBTE IHR MIT QUÄLENDER LANGSAMKEIT DEN VERSTAND.
T
U
N
E
LIESS SIE SEHEN, WAS ES NICHT GAB, UND GLAUBEN, WAS NICHT STIMMTE.
Zum Hochzeitstag

SIE WUSSTE NICHT, WIE IHR GESCHAH – UND ICH EBENSO WENIG. DOCH ES WURDE SCHNELL KLAR,
DASS ES KEIN GUTES ENDE NEHMEN KONNTE …
BRRR … KOMM, LASS UNS WEITERGEHEN.
KRACK
KARACK
KYAAAAAA
WAS WAR DAS?!
TINA …

SCHEISSE!
AARGH
KRSCH
KARCK
TONK
HM. WIEDER REIN ZU DEN AN- DEREN ODER RUNTER?
DEFINITIV ZU WEIT.
NA, DAS SIEHT DOCH SCHON BESSER AUS!

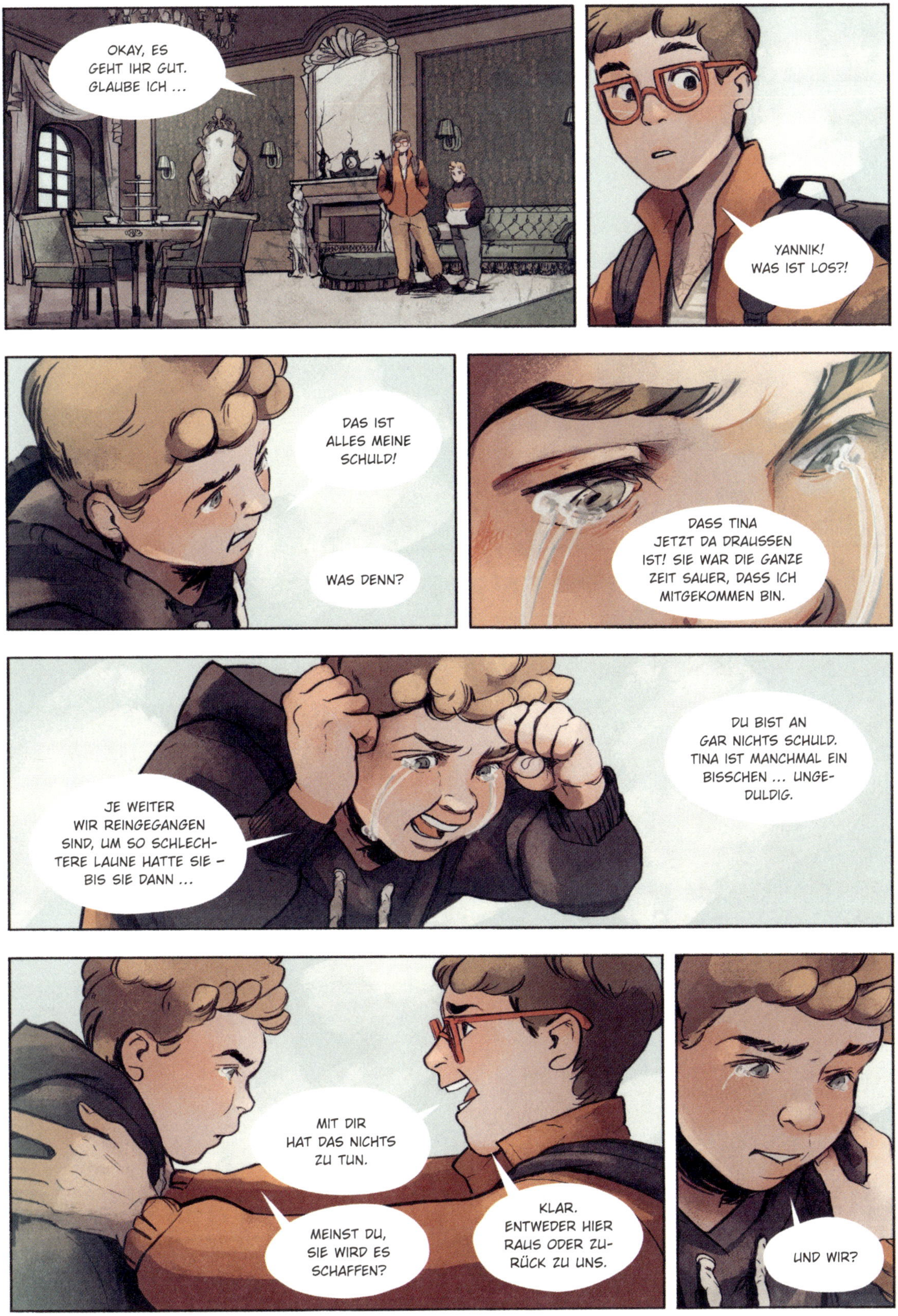
OKAY, ES GEHT IHR GUT. GLAUBE ICH …
YANNIK! WAS IST LOS?!
DAS IST ALLES MEINE SCHULD!
WAS DENN?
DASS TINA JETZT DA DRAUSSEN IST! SIE WAR DIE GANZE ZEIT SAUER, DASS ICH MITGEKOMMEN BIN.
JE WEITER WIR REINGEGANGEN SIND, UM SO SCHLECHTERE LAUNE HATTE SIE – BIS SIE DANN …
DU BIST AN GAR NICHTS SCHULD. TINA IST MANCHMAL EIN BISSCHEN … UNGEDULDIG.
MIT DIR HAT DAS NICHTS ZU TUN.
MEINST DU, SIE WIRD ES SCHAFFEN?
KLAR. ENTWEDER HIER RAUS ODER ZURÜCK ZU UNS.
UND WIR?

AUF JEDEN FALL! UND DARUM MUSST DU AUCH WEITER GANZ VIEL FILMEN! DAMIT WIR SUPERVIELE KLICKS BEKOMMEN. OKAY?
EIN MALER-ATELIER?
MALERIN. GUCK MAL, DA.
Catherine Tennison
8 Crayons
SCHRRRRRR
CATHERINE HATTE SCHON IMMER GEMALT. NUN WURDE ES ZUR OBSESSION.

SIE WOLLTE DIE BILDER AUS IHREM KOPF VERTREIBEN, INDEM SIE SIE AUF LEINWAND BANNTE.
ZU. KOMBINATIONSSCHLOSS.
DOCH MIT JEDEM PINSELSTRICH UND JEDER MINUTE, DIE SIE HIER VERBRACHTE, ATMETE SIE DAS GIFT EIN, DAS SIE IN DEN UNTERGANG TRIEB.
KEINE SORGE, HAROLD. DIE TATWERKZEUGE SIND NOCH DA.
ABER ICH HABE INZWISCHEN GELÜFTET ...
ICH WEISS NICHT, WIE DU ES GEMACHT HAST, HAROLD. OB DU DEN HÄNDLER KANNTEST ODER DEN LIEFERANTEN – ABER IRGENDWIE HAST DU DAS GIFT ZUGESETZT.
WOVON REDET ER?

Nur wer sieht, was Catherine gesehen hat, wird den Code knacken. Kannst du mithilfe der Etiketten von Seite 039 ihre Gemälde auf den Seiten 034, 035, 039 und 040 deuten? Nutze für den Code zuerst die kleinste, dann die größte und dann die mittlere Zahl.

2. ETAGE
1. ETAGE
GARTEN
PRRZL
ICH HOFFE, ICH HAB DAS RICHTIG ZUSAMMENGE-KRIEGT!
KRRRR
ENDLICH!
TICK TICK TICK
LOS, RAUS HIER!
TICK TICK TICK
TICK TICK TICK
DAS KLINGT GAR NICHT GUT …
TICK TICK TICK
TACK

KRUOOOOMM
DER KERL HAT SIE ECHT NICHT MEHR ALLE …
KATSCHIRRRR
WILLKOMMEN AUF EINER NEUEN ETAGE! ICH MÖCHTE SICHERGEHEN, DASS DU DEN RICHTIGEN WEG NIMMST. UM VERWIRRUNG ZU VERMEIDEN, HABE ICH ALLE ANDEREN WEGE ABGESCHNITTEN.
OKAY, MIR REICHT'S! ICH HAB KEINE LUST, MIR VON EINEM IRREN VORSCHRIFTEN MACHEN ZU LASSEN!
ABER SOLANGE WIR UNS AN DIE RÄTSEL GEHALTEN HABEN, IST UNS DOCH NICHTS PASSIERT!
NEE, LEUTE. ES IST ZEIT, DASS WIR DIE REGELN BESTIMMEN. UND ICH WEISS AUCH SCHON, WIE!
UND WAS, WENN WIR EINE LÖSUNG NICHT HERAUSFINDEN? ODER WENN ER EIN RÄTSEL EINGEBAUT HAT, DAS GAR KEINE LÖSUNG HAT?!

KROAK
LOS … KOMM SCHON!
KRSCH KRACK
TINA, NEIN!
WAS, WENN AUF DER ANDEREN SEITE EINE FALLE VER- STECKT IST?
DANN IST DAS EBEN SO. ICH LASS MIR NICHT LÄNGER ANGST EINJAGEN!
KATSCHORRR
POMP
BITTE SEHR – EIN WEG IN DIE FREIHEIT!

HIER KOMMEN WIR UNMÖGLICH RAUS. VIEL ZU GE-FÄHRLICH.
GEFÄHRLICHER ALS DIE RÄTSEL DIESES PSYCHOPATHEN?
ICH GEH RAUS – DA HAB ICH MEIN SCHICKSAL WENIGSTENS SELBST IN DER HAND!

Lies weiter auf Seite 080.

KLACK
ZZZRRR
WOW!
WIE WAR DAS NOCH: „KEINE ALLEINGÄNGE“?
HAST JA RECHT.

ALS CATHERINE VON MIR GEGANGEN WAR, SAH ICH KEINEN GRUND MEHR, WEITERZULEBEN. DU HATTEST MIR ALLES GENOMMEN, WAS MIR IM LEBEN WICHTIG WAR.
ICH WAR BEREIT, IHR ZU FOLGEN. DOCH DANN WURDE MIR KLAR: ES GAB ETWAS, FÜR DAS ES SICH ZU LEBEN LOHNTE. ETWAS, FÜR DAS ICH WEITERLEBEN MUSSTE!
DEINE RACHE WAR ES, DIE MEIN LEBEN ZERSTÖRTE. DA WAR ES DOCH NUR GERECHT, WENN ICH ES DIR GENAUSO HEIMZAHLTE.
DOCH DANN ERKANNTE ICH, DASS DAS ZU PRIMITIV WAR. NEIN. DU SOLLTEST ERKENNEN, WAS DU MIR ANGETAN HATTEST, UND DU SOLLTEST BEREUEN.
Ausgang
Eingang
JAHRELANG BRÜTETE, TÜFTELTE UND PLANTE ICH.

UND WENN DU DIES HÖRST UND HIER STEHST, HAT MEIN PLAN SCHON FAST SEINEN ZWECK ERFÜLLT. WENN DU DAS LETZTE RÄTSEL FINDEST UND LÖST, DANN HAST DU VERSTANDEN. UND DANN WERDE ICH DIR SELBST GEGENÜBERTRETEN.
UNS GEGEN-ÜBERTRETEN?
ER DACHTE WOHL, ER ERLEBT ES NOCH, DASS HA-ROLD KOMMT.
UND WARUM HAT ER DANN ALLE SEINE TEXTE AUFGE-NOMMEN, STATT SIE EINFACH LIVE ZU SPRECHEN?
DER KERL HAT EIN GANZES HAUS MIT MORDMASCHINEN VOLLGESTOPFT – DA MUSST DU, GLAUBE ICH, NICHT NACH LOGIK FRAGEN. AUSSER-DEM SCHIEN ER AUF AUSSER-GEWÖHNLICHE EFFEKTE ZU STEHEN.
EINES STEHT FEST: WIR WERDEN IHM NICHT BEGEGNEN. DAFÜR SIND WIR HUN-DERT JAHRE ZU SPÄT DRAN.
ABER DAS RÄTSEL MÜSSEN WIR TROTZDEM LÖ-SEN, SONST KOMMEN WIR HIER NICHT RAUS!
ERST MAL MÜSSEN WIR ES FINDEN. ALSO LOS!

DIE IST SCHON MAL FÜR DIE LÖSUNG WICHTIG.
Wenn du die Lösung weißt.
FASS DIE BLOSS NICHT AN! DA STEHT „WENN DU DIE LÖSUNG WEISST“, DAS HEISST, DIE KURBEL BRAUCHEN WIR ERST NACH DEM LÖSEN.
SO VIEL BASTELKRAM. VIELLEICHT SOLLEN WIR ETWAS BAUEN?
DAS HÄTTE DOCH NICHTS MIT CATHERINE ZU TUN.
ICH GLAUB'S NICHT! GUCKT EUCH DAS MAL AN!

Tennison Manor
DAS IST DER GRUNDRISS DES HAUSES ...
Linsen
PROJEKTOR
Bilder
Auslösen
Zahlenschloss
BEWEGLICH!
Tanz
?
Erdgeschoss und Garten
Magnete
FALSCHE TÜREN (2)
Erster Obergeschoss
Zweiter Obergeschoss

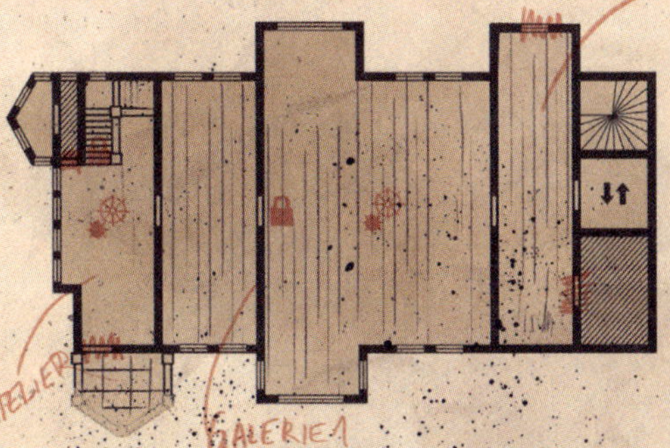

Drittes Obergeschoss

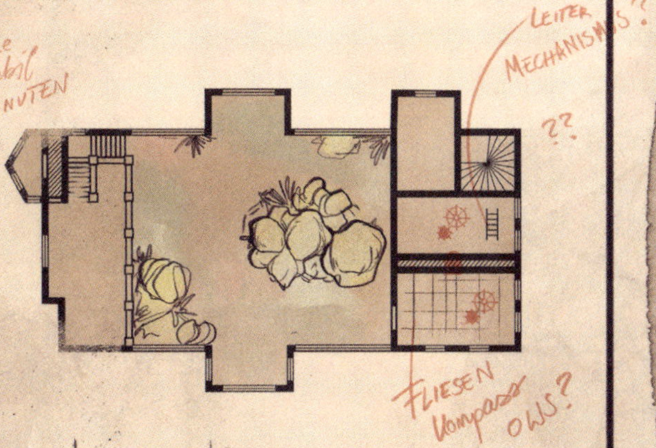

Viertes Obergeschoss

Legende

- Aufzug
- Treppen
- Fenster
- Türen
- Herausforderung

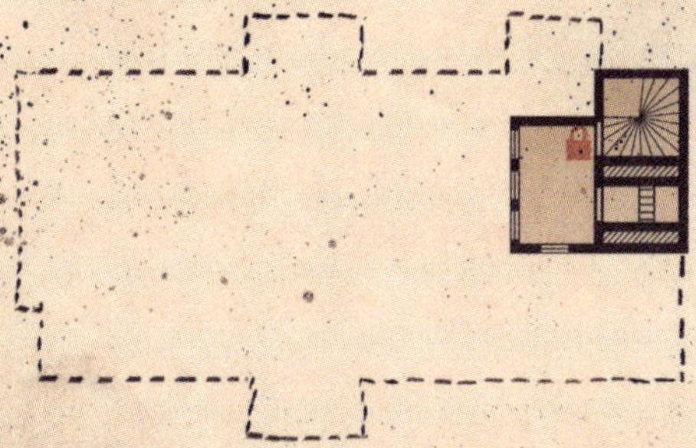

Turmzimmer

HIER WAR DIE PUPPEN-STUBE.
UND HIER DAS ATELIER.
Atelier
Galerie
Obergeschoss
Legende
Aufzug
Treppen
Fenster
Türen
Herausforderung
UND HIER SIND WIR JETZT.
Leiter
Mechanismus?
??
Viertes Obergeschoss
Turmzimmer
DAS HEISST, ÜBER UNS IST DER TURM.

UND DA OBEN IST EINE LEITER. WETTEN, DASS WIR DIE MIT DER RICHTIGEN LÖSUNG HIER RUNTER-HOLEN KÖNNEN?
SEHT MAL, LEUTE! VERSTEHE ICH DAS RICHTIG, WAS DA EINGEZEICH-NET IST?
SO, WIE DAS AUSSIEHT, FÜHRT VOM TURMZIMMER AUS EINE TREPPE NACH UNTEN – UND DIREKT NACH DRAUSSEN!

DAS IST DANN WOHL DAS RÄTSEL?
Einfalt ist nicht genug, auch wenn sie geradlinig ist. Sei dir über die Rahmenbedingungen im Klaren.
DAS MUSS DAS RÄTSEL SEIN. ES ERGIBT NÄMLICH WIEDER KEINEN SINN.
UND? HAT JEMAND 'NE IDEE?
Hoffentlich geht es dir besser als den dreien – wenn ja, wird sich die Lösung dieses Kapitels vor deinen Augen ent*falten*. Beachte die Hinweise des Zettels ganz genau!

ENDE

Auf Seite 125 findest du heraus, wie du dich geschlagen hast.

AUCH FÜR DICH STEHT NUN EINE ENTSCHEIDUNG AN. DREI TÜREN – EINE BRINGT DICH ZUM NÄCHSTEN RÄTSEL, DIE ZWEI ANDEREN BRINGEN DEN TOD. WELCHE WÄHLST DU?
DAS MEINT DER KERL NICHT ERNST, ODER? EINFACH AUF GUT GLÜCK EINE AUSWÄHLEN?!
ES MUSS HIER HINWEISE GEBEN. ES HAT BISHER IMMER HINWEISE GEGEBEN.
UND WENN NICHT? VIELLEICHT WOLLTE ER HAROLD EINFACH BLOSS UMBRINGEN. AUS RACHE.
DAS HÄTTE ER EINFACHER HABEN KÖNNEN.
HEY! SEHT MAL DA!
WETTEN, DASS DIE UNS HIER RAUSBRINGEN?
ICH GUCK MIR DAS MAL AN.
UND WAS IST MIT FALLEN?
ICH HOFFE MAL, DASS ES KEINE GIBT. IHR WARTET HIER, BIS ICH DRÜBEN BIN, OKAY?

KROAK
ALLES OKAY. WAR NUR DER BODEN.
ICH GLAUB, ES IST SICHER. IHR KÖNNT KOMMEN!
WAS IST DAS DENN?

ZUFÄLLIG LIEGT ES HIER JEDEN-FALLS NICHT.
DAS NÄCHSTE RÄTSEL!
„GLEICHES FINDET SICH ANZIEHEND UND WAS SICH ANZIEHT, KLEBT HIER PASSGENAU UND DIREKT AUFEINANDER."
ALSO, MIR GEHT DA GAR KEIN LICHT AUF!
WARTE DOCH MAL! WIR MÜSSEN DEN TEXT EINFACH NUR GENAU LESEN.

Schau dir genau an, was Tina vorgelesen hat. Mach dich dann in der Nähe der Auswertungsseite auf die Suche nach etwas, was dir beim Öffnen der Tür hilft, und halte eine Schere bereit … Der Code ergibt sich von groß nach klein.

SCHRRRR
BEVOR WIR UNS TREFFEN, MÖCHTE ICH, DASS DU MICH VERSTEHST. DASS DU VERSTEHST, WARUM ICH GETAN HABE, WAS ICH GETAN HABE, UND TUN WERDE, WAS ICH TUN WERDE.
FFMMP
FFMMP
WOVON REDET DER?! IHN TREFFEN? ER IST DOCH LÄNGST TOT.
ALSO VIELLEICHT DOCH EIN GEIST?!
QUATSCH! DAS HIER IST OFFENSICHTLICH FÜR JEMAND GANZ BESTIMMTEN INSZENIERT WORDEN.
FFMMP
DU GLAUBST VIELLEICHT, ICH MÜSSTE DER GLÜCKLICHSTE MENSCH AUF ERDEN GEWESEN SEIN: GEBOREN IN EINE FAMILIE, DER ES AN NICHTS FEHLTE – ABER SO WAR ES NICHT …

ES HEISST OFT, MAN SOLLE SICH MIT DEM UMGEBEN, WAS MAN LIEBT. MEINE ELTERN TATEN DAS.
MEIN VATER LIEBTE GELD …
… UND MEINE MUTTER DEN WEIN.
RATATATATA
FÜR MICH SORGTE IDA – UNSER KINDERMÄDCHEN. SIE WAR DIE EINZIGE, DIE FÜR MICH DA WAR. UND ICH LIEBTE SIE …
RATATAT
PLING
… BIS DIE TUBERKULOSE SIE MIR NAHM.
PLOFF

PAH! ARMES REICHES KIND …
PSSST!
DOCH WIE SCHLECHT ES MIR AUCH GING – ICH HABE MEIN LEBEN LANG GEGLAUBT, DASS ES IMMER EINEN AUSWEG GIBT. BIS DU KAMST UND MIR DIESEN GLAUBEN NAHMST.
HÖRT IHR DA AUCH SO WAS KOMISCHES IM HINTERGRUND?
JETZT SEI ENDLICH RUHIG, MENSCH!
DARUM IST ES NUR GERECHT, WENN DU JETZT DERJENIGE BIST, DER EINEN AUSWEG FINDET – ODER KLÄGLICH SCHEITERT.
KLACK
ICH GLAUB, DIE AUFNAHME IST ZU ENDE.
ABER WAS MEINT DER MIT „EINEN AUSWEG FINDEN"?
GENAU DAS, WAS ER GESAGT HAT. SEHT EUCH MAL UM: DER RAUM HIER HAT KEINEN AUSGANG!

HHNG
GIB DIR KEINE MÜHE. DAS HAB ICH SCHON VERSUCHT.
ABER SONST GIBT'S HIER DOCH KEINE TÜR!
ZUMINDEST KEINE, DIE WIR SEHEN.
16
07
MIST, IMMER NOCH KEIN EMPFANG.
DAS IST EIN RÄTSEL – GENAU WIE AN DER EIN-GANGSTÜR.
ACH NEE! WÄR ICH JETZT NICHT DRAUF GE-KOMMEN …
NEIN. WAS ICH MEINE, IST: DAS RÄTSEL EBEN, DAS WAR FAIR. WIR HAT-TEN ALLES, WAS WIR FÜR DIE LÖSUNG BRAUCHEN. UND ICH BIN SICHER, DAS IST AUCH HIER SO.

HM. NICHTS.
ABER IRGENDWO **MUSS** WAS SEIN! WIR MÜS-SEN NUR GENAUER GUCKEN.
NOCH GENAUER KANN ICH ABER NICHT GUCKEN!
WARTET MAL! VIELLEICHT GEHEN WIR DAS GANZ FALSCH AN!
VIELLEICHT MÜSSEN WIR GAR NICHT GUCKEN! TINA SAGTE DOCH VORHIN, SIE HÄTTE WAS GEHÖRT …
JA … DA WAR SO EIN FLÜSTERN, DAS VON GANZ HINTEN KAM, ALS DER KERL GESPRO-CHEN HAT.
STIMMT … ABER WAS WURDE DA GESAGT?
VERSUCHT EUCH ZU ERINNERN! VIELLEICHT WAR DAS WICHTIG!
Hörst du auch das Flüstern, das von ganz hinten kommt? Vielleicht solltest du dich auf die Suche danach machen und danach auf den Seiten 060–062 bei allen Ansagen noch mal ganz genau hinhören … Der Code ergibt sich von groß nach klein.

GANZ KLAR: SO MÜSSEN WIR ES MACHEN!
UND DU BIST DIR GANZ SICHER …?
HUNDERT PROZENT!
FILM DU MAL.
YANNIK, WARTE!
DU STEHST UNTER DEM LEUCHTER! DAS HEISST …
… DU BIST CATHERINE.
PLING
MENSCH, WAS SOLL DER MIST? ICH HAB DOCH GESAGT:
KEINE ALLEINGÄNGE.
JA, ABER DU HAST AUCH GESAGT, DASS DAS DIE RICHTIGE FIGUR IST. UND ICH VERTRAUE DIR.

KRACK
TAPP TAPP TAPP TAPP TAPP
DU WEISST HOFFENTLICH, DASS DAS EBEN NICHT SO GEMEINT WAR?
WAS?
DASS ICH DAS MIT DEN FIGUREN NICHT MACHEN WOLLTE. DAS HATTE NICHTS MIT DIR ZU TUN.
SCHON KLAR. DIE SACHE MIT DEN STACHELN WAR AUCH HEFTIG.
ANSCHEINEND WOLLTE ER DIESEN HAROLD ECHT UMBRINGEN.
ODER ZUMINDEST WÄRE ES FÜR IHN KEIN PROBLEM GEWESEN, WENN ES SICH SO ERGEBEN HÄTTE.
ABER NATÜRLICH MUSS JETZT NICHT HAROLD DIE RÄTSEL LÖSEN, SONDERN WIR …
ALSO SIND IM ZWEIFEL WIR DIEJENIGEN, DIE ES ERWISCHT.
WIR BETRETEN DEN NÄCHSTEN RAUM AB JETZT IMMER VOR YANNIK, OKAY?

Lies weiter auf Seite 056.

DA SIND
JA ECHT ZAHLEN!
SUPER, YANNIK!
JAAA!
CLICK
HAH
HAH
HAH
TAPP TAPP
TAPP TAPP
WRIIOOOO
WOMM
KLANK
KLONK

WARTE!
WAS IST?!
ICH HAB DAS HANDY VERLOREN!
EGAL, WIR MÜSSEN WEG VON DEM HAUS. DAS IST ZU GEFÄHRLICH!
TAPP TAPP TAPP TAPP
SCHHHH KRACK KRACK
KRACK KRACK
AUF DEM HANDY WAREN DIE GANZEN AUFNAHMEN DRAUF. ALLES, WAS ICH GEFILMT HATTE.
IST SCHON OKAY. HAUPTSACHE WIR SIND HEIL RAUS-GEKOMMEN.

... AM ENDE VERLIEREN WIR ES DOCH. ALLES IST VERGÄNGLICH UND UNS BLEIBT NUR DIE ERINNERUNG – ODER NICHT EINMAL MEHR DIE.
HAB MIR SCHON GEDACHT, DASS DAS EINER VON DEN TYPEN WAR, DIE IMMER DAS LETZTE WORT HABEN MÜSSEN.
TINA ...? WAR GUT, DASS DU AUS DEM FENSTER GEKLETTERT BIST.
SONST HÄTTEN WIR NIE DEN BALKON GEFUNDEN.

WIR HABEN ALLE UNSEREN TEIL BEIGETRAGEN. HAPPY END UND RINGELPIEZ MIT ANFASSEN.
DU MAGST DAS NICHT! DU MAGST ES NICHT, WENN DU WAS BESONDERES GETAN HAST!
WEIL ES BULLSHIT IST. NUR WEIL ICH ZUFÄLLIG DAS RICHTIGE GEMACHT HAB, BIN ICH NIX BESONDERES.
ES GEHT NICHT GUT AUS, WENN LEUTE SICH FÜR WAS BESONDERES HALTEN. DANN KRIEGST DU SO ARSCHLÖCHER WIE HAROLD UND TENNISON ...
... DIE GLAUBEN, DASS ES OKAY IST, DIE FRAU ZU TÖTEN, DIE SIE LIEBEN, WEIL SIE SIE NICHT HABEN KÖNNEN, ODER LEUTE ZU ERMORDEN, DIE SIE NICHT MÖGEN.

FÜR MICH BIST DU WAS BE- SONDERES.
DAS HEISST ABER NICHT, DASS ICH ES OKAY FINDE, WENN DU JETZT ANFÄNGST, LEUTE UMZUBRINGEN.
DU BIST FÜR MICH AUCH WAS BESONDERES.

Lies weiter auf Seite 055.

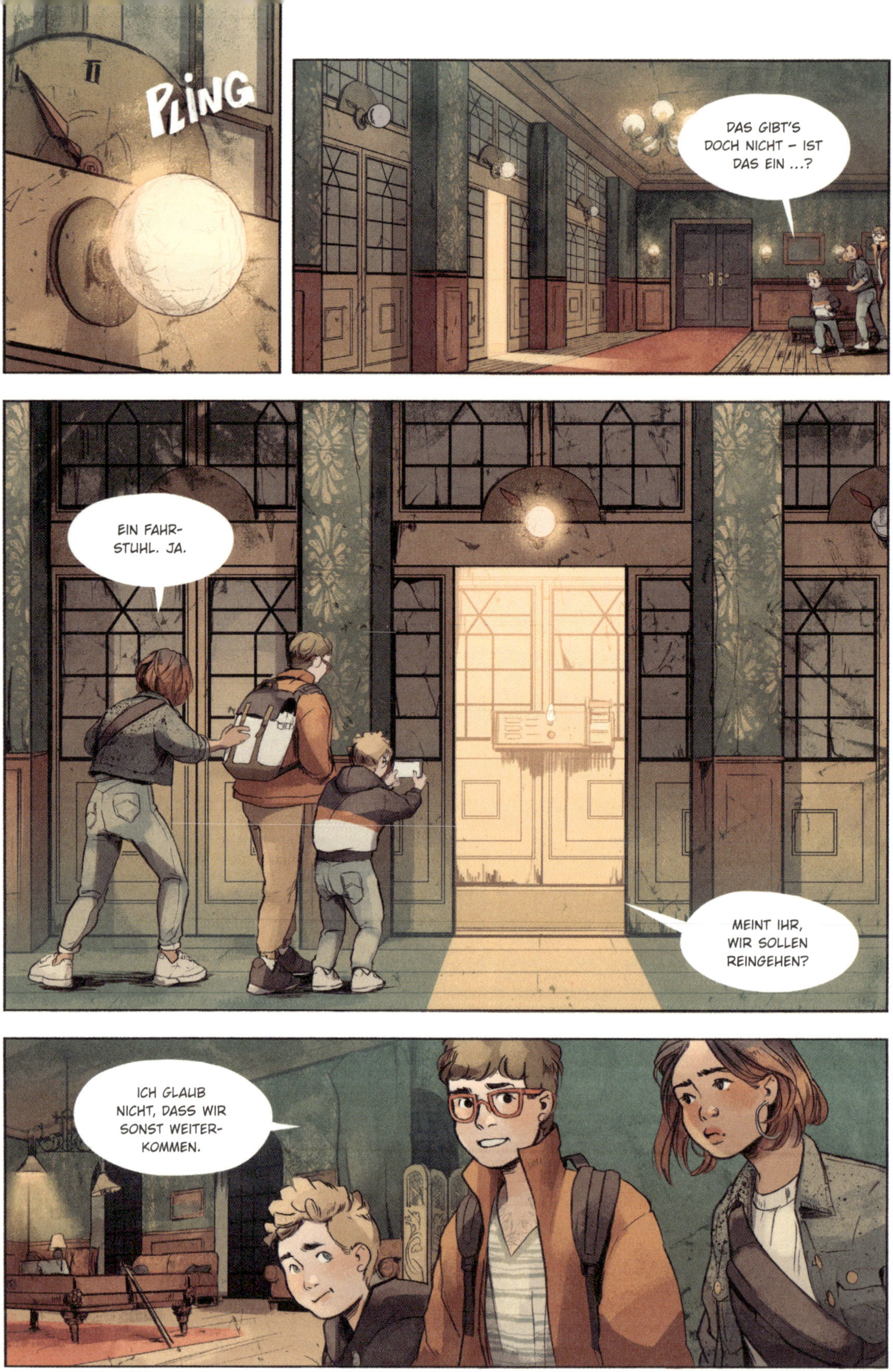
PLING
DAS GIBT'S DOCH NICHT – IST DAS EIN ...?
EIN FAHR-STUHL. JA.
MEINT IHR, WIR SOLLEN REINGEHEN?
ICH GLAUB NICHT, DASS WIR SONST WEITER-KOMMEN.

SEHT EUCH DAS MAL AN!
HE, HIERHER! ICH WEISS, WIE WIR ES RAUS SCHAFFEN!
3. ETAGE
2. ETAGE
1. ETAGE
GARTEN
DRÜCKE DEN KNOPF FÜR DIE 3. ETAGE. BIS GLEICH. M.T.
„GARTEN" – DAS HEISST, WIR KOMMEN AUS DEM HAUS RAUS?
HMM … KOMMT MIR EIN BISSCHEN ZU BEQUEM VOR.
1. ETAGE
GARTEN
DRÜCKE DEN KNOPF FÜR DIE 3. ETAGE. BIS GLEICH. M.T.

WAS HEISST HIER „ZU BEQUEM"? HAST DU ETWA BOCK AUF NOCH MEHR VON DIESEN SADISTISCHEN RÄTSELN?
NEIN, ABER ...
GUT, ICH NÄMLICH AUCH NICHT!
2. ETAGE
1. ETAGE
PING
FRRRRT
FRRRRT
PFFFFF
PAK PAK PAK
PAK PAK PAK
ZZZ
ZZZZZZZZZMMMM

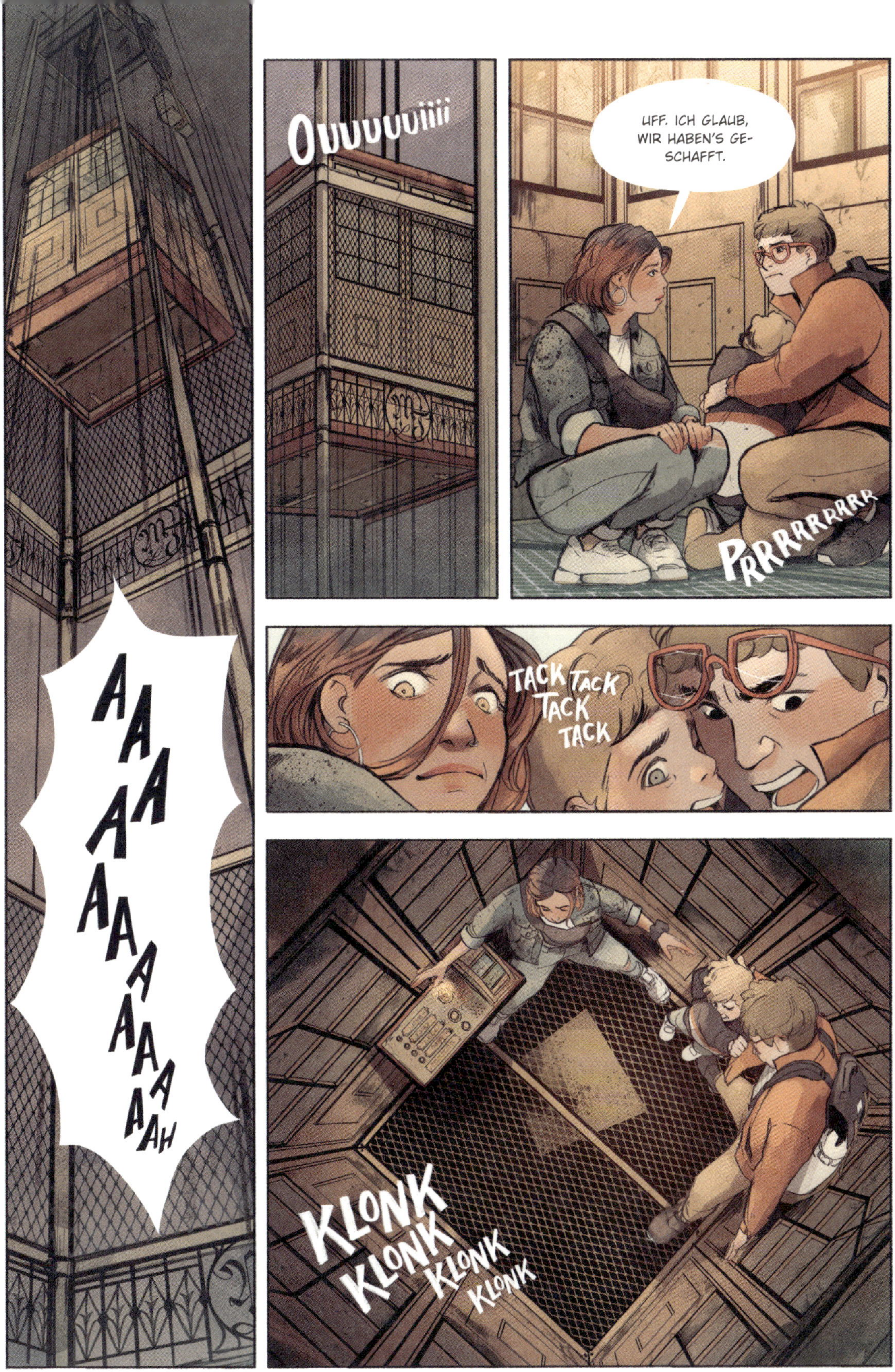
AAAAAAAAAAAAAH
Ouuuuuiiii
UFF. ICH GLAUB, WIR HABEN'S GESCHAFFT.
PRRRRRRRRR
TACK TACK TACK TACK
KLONK KLONK KLONK KLONK

WARUM HAST DU AUF DIE TASTE GEDRÜCKT, VERDAMMT?!
WEIL ICH HIER RAUSWOLLTE, WAS DACHTEST DU DENN?!
HAT JA SUPER GEKLAPPT!
MWUHUHU
PATPAT
IST JA GUT. WIR KOMMEN HIER WIEDER RAUS.
ÄH ... JA. WIR FINDEN BESTIMMT EINE LÖSUNG.

Lies weiter auf Seite 086.

TINA?!?!
ALLES OKAY!
NOCH ...
KANNST DU WIEDER HOCH?
NEGATIV! ICH ... HÄNG ... HIER AN ... DER FASSADE.
UND WAS JETZT?
DAHINTEN IST ... EIN ... GITTER. ICH ... WARTET ... AM FENSTER, OKAY?
TICK TICK TICK TICK
HAROLD? WO BLEIBST DU? ICH MAG ES NICHT, WENN MAN MICH WARTEN LÄSST. DANN WERDE ICH SEHR UNGEHALTEN.
TICK TICK TICK TICK
WAS IST DAS FÜR EIN GERÄUSCH?!
AUF JEDEN FALL BEDEUTET DAS NICHTS GUTES ...

WIR MÜSSEN WEITER! HIER TICKT IRGENDWAS!
DANN HAUT AB! ... ICH KRIEG'S HIER ... SCHON HIN ...
OKAY ...
UND ... TINA? PASS AUF DICH AUF, JA?
IHR AUCH ...
DANN MAL LOS ...

TICK TICK TICK TICK
ELI, GUCK MAL!
KEINE ZEIT! ICH WEISS NICHT, WAS GLEICH PASSIERT, ABER ICH WILL NICHT MEHR HIER DRIN SEIN, WENN ES PASSIERT!
BRRRRRRRR
KRRRCK
LOS, RAUS HIER!
WOAMM
SCHRUFF
TOCK
PLONK
TOCK TOCK
UFF ...
ELI!
WAS DENN?

„VERSTAND UND GEFÜHL“ – MAN SAGT JA, DAS SEIEN GEGENSÄTZE. BEI CATHERINE UND MIR WAREN ES ANSTAND UND GEFÜHL, DIE GEGENEINANDERSTANDEN.
ZU MEINEM GLÜCK WAREN IHR DIE GEFÜHLE WICHTIGER ALS DER ANSTAND.
ZU MEINEM GLÜCK – UND DEINEM UNGLÜCK, HAROLD. ICH RECHNETE DAMIT, DASS DU AUF RACHE SINNEN WÜRDEST. DOCH ICH AHNTE NICHT, WIE WEIT DU GEHEN WÜRDEST.
NUN WEISS ICH ES – WEISST DU ES AUCH NOCH?

Die Formen zu wahren, das hast Du begehrt,
Und sahst uns sie dann dreist verdammen.
Wir hatten Dir Not und Kummer beschert,
Die Träume zertrümmert, zerpflückt und entehrt
Wie setzt man sie wieder zusammen?
Durch unser Tun erlittst du Qualen.
Und du entschiedst: Wir sollten zahlen!
HÄ? DAS KLINGT JA, ALS WÄRE ER AUF HAROLDS SEITE.
ICH GLAUB, ER SAGT NUR, DASS ER HAROLDS KUMMER VERSTEHT –
ABER NICHT, WAS HAROLD DANN DESWEGEN GETAN HAT.
UND WAS HAT ER GETAN?!
KEINE AHNUNG – DAS MÜSSEN WIR RAUSFINDEN.
ABER WIE DENN? UND WOZU? LASS UNS EINFACH WEITERGEHEN!

WEITERGEHEN? DURCH WELCHE TÜR DENN BITTE?
OH ...
UND WAS DAS „WIE" ANGEHT: ICH GLAUBE, ICH HAB DA SCHON EINE IDEE ...
Schau dir Seite 084 noch einmal genau an. Ahnst du schon, welche Idee Eli beim Lesen von Mortimers Gedicht gekommen ist?

SO, HIER STARTET MAN DAS ABSPIELEN. MÜSSTE EIGENTLICH UNGEFÄHRLICH SEIN.
KLACK
ACH, HAROLD, NUN BIN ICH ABER DOCH ENTTÄUSCHT. ANSCHEINEND BIST DU NICHT IN DER LAGE, DEN SIMPELSTEN ANWEISUNGEN ZU FOLGEN. DU SOLLTEST DOCH IN DIE DRITTE ETAGE FAHREN.
IMMERHIN HAST DU ES AUCH GESCHAFFT, DIESE AUFNAHME ZU FINDEN. DESHALB WILL ICH DIR NOCH EINE CHANCE GEBEN. LÖSE MEIN NÄCHSTES RÄTSEL UND DU GELANGST IN DEN DRITTEN STOCK.
DAS SCHWEIN WUSSTE GENAU, DASS WIR VERSUCHEN WÜRDEN, ZU FLIEHEN …
VERSAGST DU JEDOCH, SO LANDEST DU IM ERDGESCHOSS. UND ZWAR IM FREIEN FALL.

Lies weiter auf Seite 112.

SO, DAS WAR DER LETZTE NAME. MAL SEHEN, OB JETZT ETWAS PASSIERT …
KATANK KATANK KATANK
WOW! EIN RICHTIGER GEHEIMGANG!
DER UNS WEITER WEG VOM EINGANG FÜHRT – SO RICHTIG GEFÄLLT MIR DAS NICHT …
WILLST DU DIE VILLA VON DER HAUSTÜR AUS ERKUN-DEN, ODER WAS?

ICH HÄTTE ZUMINDEST GERN EINE TÜR, ZU DER ICH WIEDER ZURÜCKKANN …
TACK
CHRRRRRRRRR
YANNIK!
PRRRRRRR
BUFF

WAMM
PLOFF
PASS AUF, WO DU HINTRITTST, OKAY?!
WIR MÜSSEN ZUSAMMENBLEIBEN!
SCHRRRRRR
HÖRT MAL! DAS IST BESTIMMT WIEDER SO EINE AUFNAHME!
ICH GRATULIERE! DU HAST TATSÄCHLICH DEN AUSWEG GEFUNDEN.
ZUMINDEST AUS DIESEM RAUM – BIS ZUM SCHLUSSENDLICHEN AUSWEG IST ES NOCH WEIT. UND OB DU ES SO WEIT SCHAFFEN WIRST, MUSS SICH ERST ERWEISEN.
DEIN WEG WIRD NICHT GERADLINIG SEIN – DAS WAR MEINER SCHLIESSLICH AUCH NICHT.

NUR WENIGE JAHRE NACH IDAS TOD FOLGTEN IHR MEINE ELTERN.
SSSSSS
Havarie vor der
DIESMAL TRAUERTE ICH NICHT. ICH WAR FROH, FREI ZU SEIN.
FREI VON IHNEN – UND FREI, NACH MEINEN VORSTELLUNGEN ZU LEBEN.
RRTACK
DIE WELT STAND MIR OFFEN – ICH KONNTE TUN, WAS IMMER ICH WOLLTE.

WOW!

Lies weiter auf Seite 114.

DA IST DER AUSGANG! LOS, RAUS HIER!
HALT, WARTE!
„HAROLD WILLIAMS, BÜRGERMEISTER" ... WARTE MAL. YANNIK, DU HAST DOCH DEN ARTIKEL ÜBER DIE VILLA AUF DEM HANDY! WIE HIESS DER BÜRGER-MEISTER, DER DAMALS UMS LEBEN KAM?
18
„H. WILLIAMS" STEHT HIER.
DAS IST ER ... DAS WAR HAROLD!
DANN HAT TENNISONS PLAN JA DOCH IRGENDWIE FUNKTIO-NIERT. NUR WAR HAROLD NICHT SO GUT IM RÄTSELLÖSEN, WIE ER GEDACHT HATTE.
UND AUF JEDEN FALL NICHT SO GUT WIE WIR!

JETZT ABER RAUS HIER!
RACKA RACKA RACKA
ICH HAB FÜR EINEN TAG GENUG GRUSEL-HAUS GEHABT!
OKAY … WARTE MAL … WIE GEHT DIE TÜR HIER AUF?
KLACK
POMP
PRRR
Wiii
PLINK
KLONK
PFFFFT
VROOOAMM
WAS WAR DAS?! DAS GANZE HAUS HAT GEWACKELT!

KRACK
BRZZ
KRACK
KRACK
FEUER! LOS, RAUS!
POMP
POMP
POMP
SCHHHH
KRACK
KRACK
SCHHH
BRZZ

LOS, SCHNELLER, ELI!
POMP POMP POMP
WENN ICH NOCH SCHNELLER LAUF, STOLPER ICH! UND DAS HILFT NIEMANDEM!
KRACK KRACK
SCHHHH KRACK KRACK
TSCHIRR
KWIIII
HIER SIND WIR NOCH ZU HOCH. WEITER RUNTER!
HAH
HAH HAH
BAMP BAMP

BAMP
BAMP
BAMP
KRACK
KRACK
SCHHHH
KRACK
KRACK
KRACK
BRZZ
SCHHH
OH, VERDAMMT!
GRUUOOAM
KLONK
KARANK
KLONK
AAAAAAH
LOS, WIEDER HOCH!

BAMP BAMP
WIR SIND VIEL ZU WEIT OBEN!
DA MÜSSEN WIR DURCH!
DA IST EIN BALKON DRUNTER! HAB ICH VORHIN VON DRAUSSEN GESEHEN!
OKAY. YANNIK, DU ZUERST. ICH HEB DICH HOCH.
ICH HAB ANGST.
DU HAST DOCH VORHIN GESAGT, DASS DU MIR VERTRAUST.
JETZT WÄRE EIN GUTER MOMENT DAFÜR.

KRACK
KRACK
SCHHH
BRZZZ
PADAMM
ALLES OKAY! IHR KÖNNT KOMMEN!
SCHHHH
KRACK
KRACK
POMP
POMP
POMP
KATSCHIRR

SCHHHH
KRACK
KRACK
SCHEISSE! ABGESCHLOSSEN!
RACKA RACKA RACKA
KRACK
KRACK
DAS IST WIEDER SO EIN VORHÄNGESCHLOSS!
KANNST DU DAS KNACKEN?!
NICHT SCHNELL GENUG.
ABER IRGENDWIE MÜSSEN WIR ES AUFKRIEGEN! DAHINTEN IST SCHON DAS FEUER!
TICK TICK TICK TICK
DAS KRIEG ICH NICHT RECHTZEITIG HIN.
TICK TICK TICK TICK
DAS SIND TAUSEND MÖGLICHKEITEN!
WARTE! DA, DAS SYMBOL!

JA, UND?
DAS HAB ICH SCHON MAL GESEHEN. HIER IM HAUS ...
WO DENN?
DAS WAR ... IN DEM FLUR! ... ODER WAR ES IM GARTEN? ... ODER IM FAHRSTUHL?
WAR ES DRINNEN ODER DRAUSSEN?
ICH ... ICH WEISS ES NICHT MEHR!
MENSCH, YANNIK, ER-INNER DICH!
ICH ... ICH WEISS ES NICHT MEHR ...

ABER … VIELLEICHT HAB ICH'S GEFILMT!
MOMENT. ICH HAB'S BEIM RENNEN IN DIE TASCHE GESTECKT, ICH MUSS ES EBEN ENTSPERREN.
BEEP BEEP
ES ERKENNT MICH NICHT!
SCHRR SCHRR
BEEP BEEP
SCHON WIEDER NICHT.
KEINE CHANCE. ES WILL DAS PASS-WORT.
JA, DANN GIB DAS EIN, VERDAMMT!
ICH … DAS HAB ICH VER-GESSEN.
DAS IST JETZT NICHT DEIN ERNST, ODER?!

Kannst du Yanniks Passwort mithilfe des Zettels und des Telefons entschlüsseln? Wenn du es gefunden hast, gib folgende Web-Adresse in deinen Browser ein, um Yanniks Video zu sehen: http://www.kosmos.de/exit/_ _ _ _ _ _ _ _ und ersetze „_ _ _ _ _ _ _ _" durch das erträtselte Passwort.

RRTACK RRTACK
RRTACK
WOW!
ES HAT ECHT GEKLAPPT.
DIESE TÜREN ÖFFNEN SICH ZUM ERSTEN MAL SEIT ÜBER HUNDERT JAHREN!
RRRRRRRRRRRT
DONG
DONG
WAS ZUM ...?
DA! FILM DAS!

D-DER GEIST!
BLÖDSINN! GEISTER GIBT'S NICHT!
UND WAS WAR ES DANN?
DAS FINDEN WIR GLEICH RAUS.
NICHTS DA! WIR GEHEN JETZT REIN.
JA, ABER ... WILLST DU DENN NICHT WISSEN, WAS DAS WAR?
ERST WILL ICH BILDER AUS DEM INNEREN DER TENNISON-VILLA. DEN SEE KÖNNEN WIR DANACH ANGUCKEN. DER LÄUFT NICHT WEG.
OKAY ...

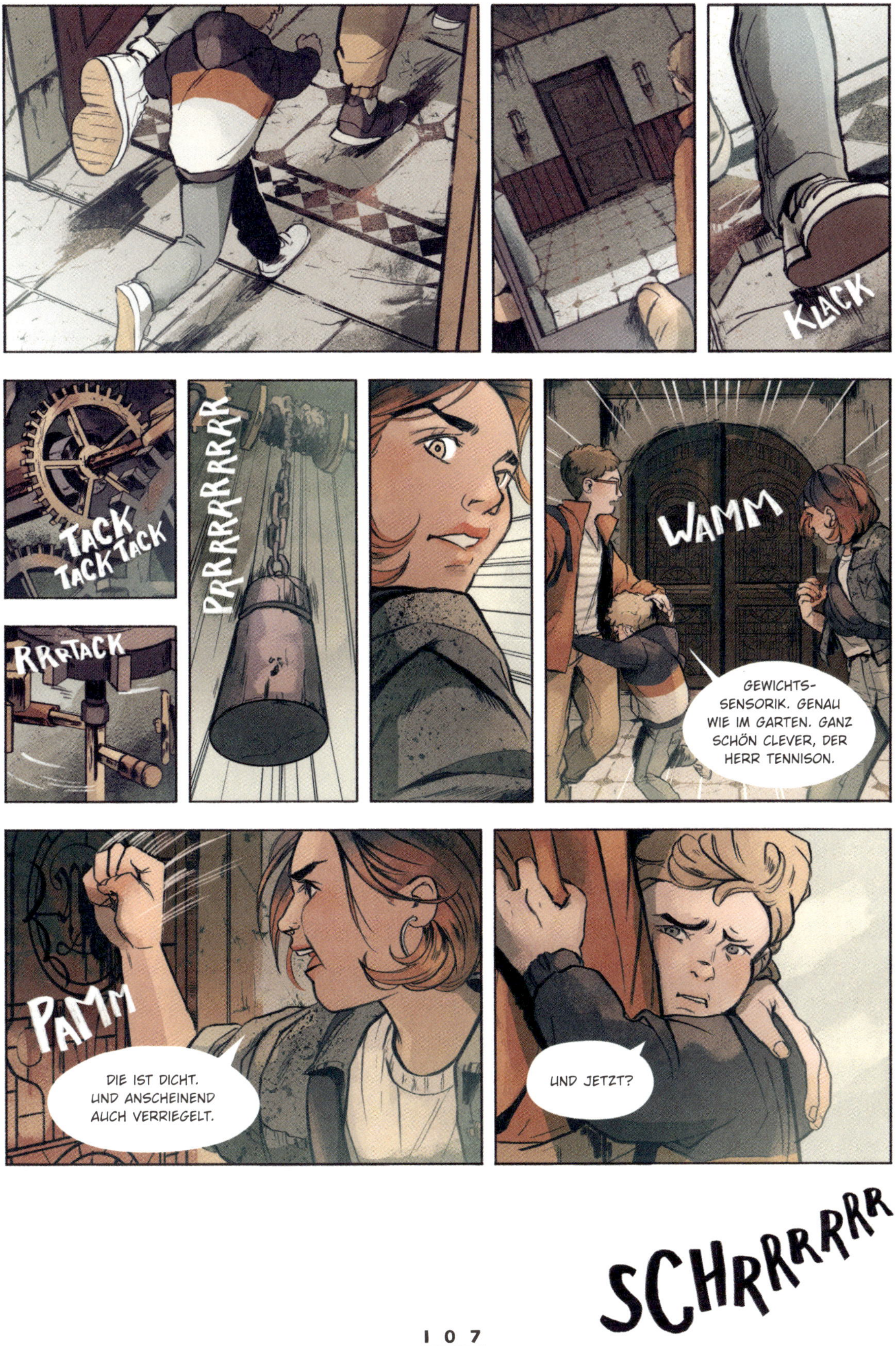
KLACK
TACK TACK TACK
RRRTACK
PRRRRRRRRRRRR
WAMM
GEWICHTS-SENSORIK. GENAU WIE IM GARTEN. GANZ SCHÖN CLEVER, DER HERR TENNISON.
PAMM
DIE IST DICHT. UND ANSCHEINEND AUCH VERRIEGELT.
UND JETZT?
SCHRRRRRR

GUTEN ABEND UND HERZLICH WILLKOMMEN. ICH FREUE MICH, DASS DU MEINER EINLADUNG GEFOLGT BIST.
WAH! DER GEIST!
WUPP
DAS IST 'NE MÄNNERSTIMME. PASST NICHT SO RECHT ZU UNSERER GEISTERDAME.
DANN IST ES EBEN MORTIMER TENNISONS GEIST!
HÖRT MAL, DAS KNISTERN: DAS IST EINE URALTE AUFNAHME VON TENNISONS STIMME! UND WIR SIND DIE ERSTEN, DIE SIE HÖREN!
TACK TACK TACK
PFFFT
KATANK KATANK KATANK
FFMP
FFMP
VERZEIH BITTE, DASS ICH DICH NICHT PERSÖNLICH BEGRÜSSE. STATTDESSEN MÖCHTE ICH DICH EINLADEN – ZU EINEM KLEINEN SPIEL.

WAHNSINN! DASS DAS ALLES IMMER NOCH SO GUT FUNKTIONIERT!
DU HAST ALLES DRAUF, ODER?
W-WOLLEN WIR NICHT WEITER?
MOMENT!
ICH WILL ERST RAUSKRIEGEN, WIE DAS GENAU FUNKTIONIERT.
TOCK TOCK
SIEHST DU, WOHER DIE STIMME KOMMEN KÖNNTE?
KROAK
NEE – ABER ICH SEH WAS ANDERES. GUCK MAL, DIE WÄNDE!
TAKA
TAKA TAKA
TAKA TAKA TAKA
DIE … DIE KOMMEN IMMER NÄHER!

TAKATAKATAKATAKATA
TAKATA
ATAK
WIE HAT DER TYP DAS HINGEKRIEGT?!
KÖNNEN WIR DAS VIELLEICHT BE-SPRECHEN, WENN WIR AUS DEM RAUM RAUS SIND?! SONST SIND WIR NÄMLICH GLEICH PLATT!
PAT
LOS, WIR MÜSSEN HIER RAUS!
KRCK

Lies weiter auf Seite 060.

DANN HOLEN WIR DIE DOCH MAL RAUS ...
NANU? HIER HAKT WAS.
MIST. JETZT BEWEGT SICH GAR NICHTS MEHR.
WAS IST PASSIERT?
ICH IDIOT. DAS IST PASSIERT: ICH HAB DIE KABEL ALLE VERZOGEN.
JA, UND? WIR KÖNNEN SIE DOCH TROTZDEM MESSEN.
KÖNNEN WIR NICHT! ICH WEISS NICHT MEHR, WELCHES KABELENDE AUF DER RECHTEN SEITE ZU WELCHEM AUF DER LINKEN SEITE GEHÖRT.
MIST!

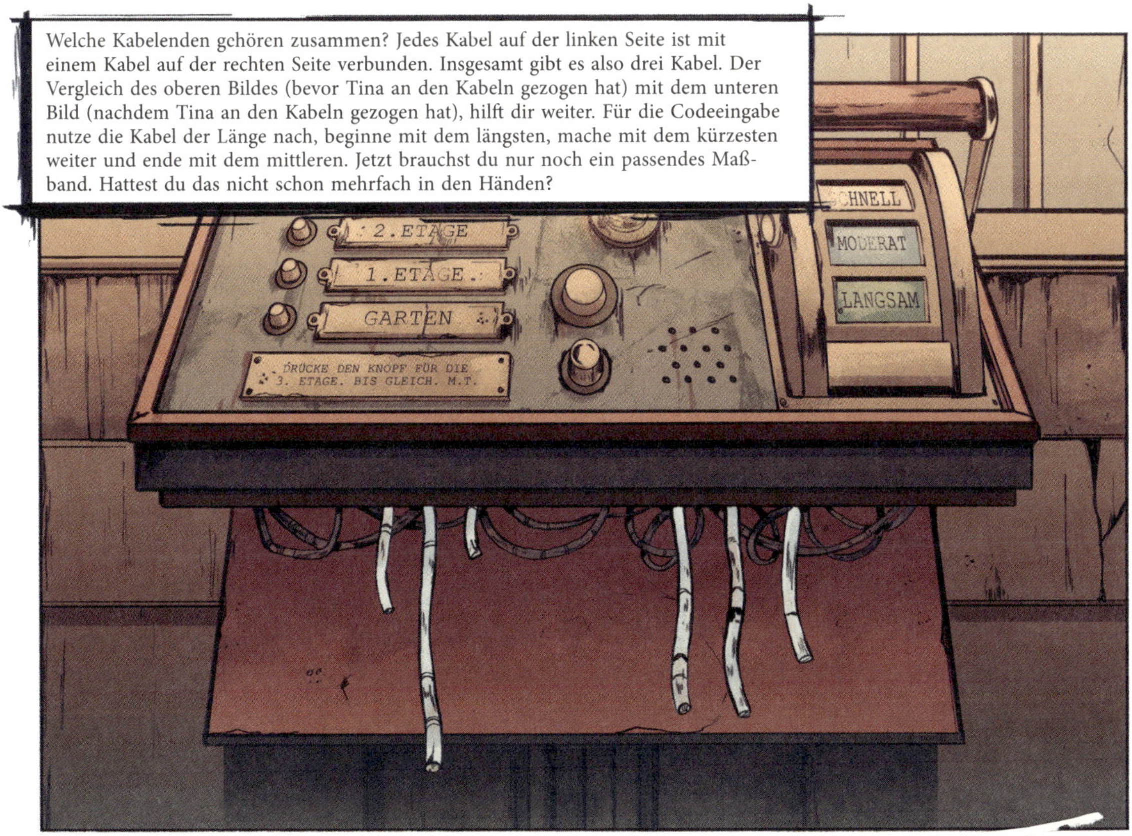
Welche Kabelenden gehören zusammen? Jedes Kabel auf der linken Seite ist mit einem Kabel auf der rechten Seite verbunden. Insgesamt gibt es also drei Kabel. Der Vergleich des oberen Bildes (bevor Tina an den Kabeln gezogen hat) mit dem unteren Bild (nachdem Tina an den Kabeln gezogen hat), hilft dir weiter. Für die Codeeingabe nutze die Kabel der Länge nach, beginne mit dem längsten, mache mit dem kürzesten weiter und ende mit dem mittleren. Jetzt brauchst du nur noch ein passendes Maßband. Hattest du das nicht schon mehrfach in den Händen?
2. ETAGE
1. ETAGE
GARTEN
DRÜCKE DEN KNOPF FÜR DIE 3. ETAGE. BIS GLEICH. M.T.
SCHNELL
MODERAT
LANGSAM

3. ETAGE
2. ETAGE
1. ETAGE
GARTEN
DRÜCKE DEN KNOPF FÜR DIE 3. ETAGE. BIS GLEICH. M.T.
SCHNELL
MODERAT
LANGSAM

ALLERDINGS …
WAS MEINST DU?
NA JA – DAS HIER WAR DEINE IDEE. UND JETZT FINDEN WIR HIER VOLL DEN VERGNÜGUNGSPARK …
HÄ?! MEINST DU, ICH HAB DAS ALLES GE-FAKT, ODER WAS?! WANN DENN? UND VON WAS FÜR GELD?
KEINE AHNUNG – VIELLEICHT HAST DU JA 'NEN DEAL MIT SO EINER VERSTECKTE-KAMERA-SHOW ODER SO.
KANNST DU MAL DIE BLÖDE FILMEREI SEIN LASSEN?!
ABER IHR WOLLTET DOCH, DASS ICH ALLES AUFNEHME.
AUSSERDEM SEHEN ZUSCHAUER GERN MENSCHLICHE KONFLIKTE. HAB ICH GELESEN.
ICH GEB DIR GLEICH 'NEN HANDFESTEN KONFLIKT!

ICH WEISS, DAS IST ALLES TOTAL STRANGE. ICH HAB SO WAS AUCH NOCH NIE GESEHEN. UND GANZ SICHER HAB ICH NICHTS DAMIT ZU TUN.
ABER WER DANN? UND WARUM?
KEINE AHNUNG. WAHRSCHEINLICH WIRKLICH MORTIMER TENNISON. DAS KRIEGEN WIR NUR RAUS, WENN WIR WEITERMACHEN. OKAY?
SCHRRRRRR
ICH WAR JUNG UND ICH WAR REICH. MEIN LEBEN WURDE EIN EINZIGER, ENDLOSER TANZ.
SCHROA
RRRRR
DOCH ES WAR EIN TANZ, DER STRIKTEN REGELN FOLGTE.
IN IMMER DENSELBEN KREISEN, MIT IMMER DENSELBEN MENSCHEN.

MEIN LEBEN MOCHTE VON AUSSEN WIRKEN WIE EIN TRAUM – IM INNERN WAR ES EIN GEFÄNGNIS.
KATACK
EIN GEFÄNGNIS, DAS ICH MIT EINER VIELZAHL AUSTAUSCHBARER, OBERFLÄCHLICHER MITGEFANGENER TEILTE.
SCHRRRR

DOCH DANN TRAF ICH **SIE** – UND ALLES WURDE ANDERS.
UND WAS JETZT?
KEINE AHNUNG. VIELLEICHT HAKT IRGENDWAS.
ODER MEHR GIBT'S HIER DRIN EINFACH NICHT. GEHEN WIR IN DEN NÄCHSTEN RAUM.
PACKA PACKA
MIST! SEHT IHR NOCH EINE ANDERE TÜR?
VIELLEICHT WAR DAS SCHON DAS RÄTSEL, UND ER HAT ALLES GESAGT, WAS WIR BRAUCHEN, UM DEN SCHLÜSSEL ZU FINDEN.
DANN HAB ICH'S JEDENFALLS NICHT KAPIERT.
NUR ZU, HAROLD. DU WEISST, WEN ICH MEINE. TU, WAS ICH GETAN HABE: STELL CATHERINE INS RECHTE LICHT.

HAROLD? WER IST DENN HAROLD?
DAS SIND WIR – ODER BESSER, DAS IST WOHL DER TYP, FÜR DEN DIE RÄTSEL GEDACHT WAREN.
UND DIE FRAU HEISST CATHERINE. ICH GLAUBE, TENNISON UND HAROLD WOLLTEN BEIDE WAS VON DER.
UND ICH SCHÄTZE, DASS SIE DAS NICHT GERADE ZU BESTEN KUMPELS MACHTE …
PLING
UND WIR SOLLEN NUN CATHERINE UNTER DEN TÄNZERINNEN FINDEN? UND WAS MIT IHR MACHEN? WIE DENN?
IM ZWEIFEL PER VERSUCH UND IRRTUM – SO VIELE SIND'S JA NICHT.
KATONK KATONK
TINA …?!
SRICK
SRICK
TINA!
SRICK
AAAH!

ALLES OKAY?
JA. WAR ZUM GLÜCK KAUM DRUCK DAHINTER.
ABER SCHARF SIND SIE – UND MASSIV.
MEIN LIEBER HAROLD, ICH MUSS DICH BITTEN, DICH AN DIE REGELN ZU HALTEN. DIESMAL HABE ICH DICH NUR WARNEN WOLLEN.
PLICK
PLICK
PLICK
BEIM NÄCHSTEN MAL WERDEN DIE DAMEN MIT ETWAS MEHR EINDRINGLICH-KEIT ZUSTECHEN.
SRRRRR
EINEN LETZTEN VERSUCH HAST DU NOCH: STELL CATHERINE INS RECHTE LICHT.
DAS IST DOCH TOTAL KRANK! DER TYP WILL UNS ECHT UMBRINGEN!
KATACK KATACK
KATACK KATACK
DESWEGEN MÜSSEN WIR RAUSKRIEGEN, WELCHE DIE RICHTIGE PUPPE IST.
KATACK KATACK

SCHAUT MAL DA!
DAS IST BLOSS EIN STÜCK PAPIER!
PASS AUF! DAS KÖNNTE DIE NÄCHSTE FALLE SEIN.
UND WAS SOLL DAS JETZT BEDEUTEN?
Kannst du Catherine auf Seite 116 *ins richtige Licht stellen*? Schneide dir dafür das Rätselmaterial aus der hinteren Buchklappe aus. Schau dir die Startpositionen der Tänzerinnen auf Seite 117 an. Noch ein kleiner Tipp: Die Tänzerinnen können untereinander die Positionen tauschen. Steht Catherine mit ihrem Tanzpartner Hand in Hand, dann betrachte ihr gegen den Uhrzeigersinn wirbelndes Kleid.
KEINE AHNUNG. ABER ICH WETTE, DASS ES UNS HILFT.

PSST. GLEICH KOMMT BESTIMMT WIEDER EIN RÄTSEL!
DA HILFT NUR EINES: NICHT DIE BODENHAFTUNG VERLIEREN UND STETS DEM RICHTIGEN PFAD FOLGEN.
KLACK
DAS WAR'S?! DIESE KALENDERSPRÜCHE?! DAS IST KEIN RÄTSEL, DAS IST EINE GLÜCKSKEKSWEIS-HEIT. UND ZWAR EINE GANZ SCHWACHE!
TINA ... BITTE NICHT SCHON WIEDER.

OKAY. SORRY ... ABER DAS HAT DOCH WIRKLICH NULL AUSSAGE-WERT. ODER HILFT ES DIR ETWA WEITER?
NEE, ICH STEH AUCH AUF DEM SCHLAUCH.

N
W
O
S

WARTET MAL – ICH GLAUB, ICH WEISS WAS!
OSWOSWO
OONWNOO
OW
Seite 1
Du auch? Seite 122 und Mortimers Tipp auf Seite 121 liefern dir alle Hinweise, die du brauchst, um das Rätsel zu lösen.

JOKER

Auswertung

Wie viele Sterne sind abgehakt?

Es zählen nur die Sterne, die dir neue Hinweise oder Lösungen verraten haben!

0	Du bist ein absolutes Rätselgenie. Unglaublich! Wir ziehen unseren Hut vor dir!
1–3	Das war eine ganz starke Leistung. Du kannst verdammt stolz auf dich sein!
4–8	Wow! Du hast es drauf! Ein wirklich ansehnliches Resultat!
9–13	Du scheinst ein echt cleveres Köpfchen zu sein.
14–18	Das ist doch schon ganz ordentlich. Mit diesem Ergebnis brauchst du dich nicht zu verstecken.
19–22	Okay, keine Glanzleistung – aber auch keine Katastrophe.
23–27	Das kannst du bestimmt besser. So viel Hilfe hättest du vielleicht nicht gebraucht.
28–30	Ärgere dich nicht. Beim nächsten Mal hast du sicher mehr Erfolg.

Decodieren leicht gemacht

Die Lösung jedes Rätsels ergibt einen dreistelligen Code. Wenn du ihn herausgefunden hast, führt er dich zu der Seite, auf der du weiterlesen kannst.

Und so geht's:

1. Verschiebe die farbigen Streifen auf der vorderen Decodierklappe so, dass dein Code aus dem gelösten Rätsel genau unter dem Pfeil steht.
2. Schau auf die Rückseite der Decodierklappe. Unter dem Pfeil dort wird dir eine neue dreistellige Zahl mit Symbolen angezeigt.
3. Diese neue dreistellige Zahl verrät dir die Seitenzahl, auf der die Geschichte im Buch weitergeht.
4. Überprüfe, ob die Symbole über den Ziffern auf deinen Streifen mit den Symbolen unter der Seitenzahl im Buch übereinstimmen.
5. Stimmen die Symbole auf der Buchseite mit den Symbolen auf deinen Decodierstreifen überein, hast du richtig gerätselt. Du darfst an dieser Stelle weiterlesen.
6. Stimmen die Symbole nicht überein, hast du dein Rätsel nicht richtig gelöst. Probiere das Rätsel noch einmal aus.